심너울
..
2019년『정적』을 출간하며 작품 활동 시작.
소설집『나는 절대 저렇게 추하게 늙지 말아야지』
『땡스 갓, 잇츠 프라이데이』『꿈만 꾸는 게 더 나았어요』,
장편소설『우리가 오르지 못할 방주』,
산문집『오늘은 또 무슨 헛소리를 써볼까』가 있음.

박서련
..
2015년《실천문학》신인상을 받으며 작품 활동 시작.
소설집『호르몬이 그랬어』『당신 엄마가 당신보다 잘하는
게임』, 장편소설『체공녀 강주룡』『마르타의 일』
『더 셜리 클럽』, 짧은 소설『코믹 헤븐에 어서 오세요』,
에세이『오늘은 예쁜 걸 먹어야겠어요』가 있음.
2018년 한겨레문학상, 2021년 젊은작가상 수상.

초월하는
세계의
사랑

우다영
조예은
문보영
심너울
박서련

초월하는
세계의
사랑

허블

차례

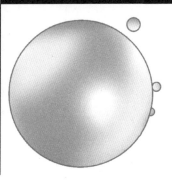

1

"

괜찮아요, 괜찮아요.

"

1

효주는 지난해 오랫동안 일하던 회사를 그만두고 살던 집을 처분했다. 직원이 스무 명 남짓인 작은 코인 거래소에서 실적이 썩 좋지 않았는데, 그럼에도 떠날 때 평소 가까운 사이라고 느끼지 못했던 팀장이 그녀를 붙잡으며 힘든 일이 생긴 것은 아닌지 걱정해 주었다. 효주는 조금 놀라며 별다른 이유는 없다고, 그냥 잠시 쉴 때가 된 것 같다고, 친절하게 대해주어 감사하다고 대답했다. 그렇게 말하던 순간에는 스스로도 정말 잠시 지친 것뿐이라고 생각했다. 급하게 내놓아 믿기지 않을 만큼 헐값이 매겨진 낡은 주택은, 일찍이 폐렴을 앓다 돌아가신 아버지가 어머니에게 남긴 유일한 재산이었고, 4년 전 어머니마저 돌아가신 후에 효주가 물려받은 집이

긴 예지

었다. 효주는 태어나 쭉 그 집에 살았다. 매년 여름이면 마당의 단단한 소나무를 타고 올라와 피어나는, 크리스마스트리 전구 같은 보라색 나팔꽃을 기다리곤 했다. 그러나 마지막으로 마당을 지나 녹슨 철문을 나설 때 아무런 비감이나 미련도 느껴지지 않았다. 효주는 자신이 갑작스럽게 주변 신상을 정리하기로 다짐한 것이 혹시 어머니의 사고 때문이 아닐까 생각해 본 적이 있었다. 하지만 이내 고개를 내저었다. 인생을 되돌아보며 충격이나 상처를 받았던 다른 사건들도 차례로 떠올려 보았다. 그러나 그 일들은 이미 오래전에 멀어져 지금의 효주를 슬픔과 의문으로 뒤흔들 힘이 없었다. 기껏해야 어느 날 부드러운 리본처럼 나타나 이마나 가슴을 쓸어내릴 뿐이었다.

아는 사람 하나 없는 도시에서 오래된 아파트를 구하는 순간까지도 효주는 자신이 무엇을 원하는지 알지 못했다. 물론 자신이 어떤 상태인지도 알지 못했다. 대부분의 짐을 버리고 떠나왔기 때문에 텅 빈 아파트는 해식동굴의 내부처럼 푸르고 어두컴컴했다. 그곳에서 효주는 혼자 지내며 아무도 만나지 않고 아무런 일도 하지 않았다. 음식을 주문해서 이틀간 조금씩 나눠 먹고 일주일에 한 번 쓰레기를 버리러 밖에 나오는 것이 생활의 유일한

우다영

루틴이었다. 그때 단지를 한 바퀴 돌며 짧게 산책을 했는데 가끔 반려견이 방향을 꺾어 효주에게 다가오면 가볍게 말을 건네는 주민도 있었다. 그러면 효주는 잠시 멈춰 서서 대화를 나눴다. 하지만 다 효주가 모르고 효주를 모르는 이들이었다. 대부분의 시간은 집 안에서 보냈다. 현대시와 고전소설을 오랫동안 천천히 읽었는데 사실 좀처럼 집중할 수 없었다. 드라마나 영화 여러 편을 연달아 보아도 그저 장소와 시간이 바뀌며 끊임없이 영사되는 화면을 멍하니 지켜볼 뿐이었다. 한동안은 효주의 행보를 의아하게 여기는 친구들의 연락이 많았다. 그중 한 친구는 근래 자신이 겪은 불합리한 일을 전하며 격렬한 분노를 쏟아냈는데 효주는 그 입장을 깊이 이해하면서도 마음을 잘 쓰지 못했다. 효주의 반응이 계속 건조하자 친구는 돌연 말이 없다가 "나를 친구라고 여기지 않는구나"라고 차갑게 말한 뒤 더 이상 전화하지 않았다. 또 다른 친구는 효주에게 자신을 잘 돌봐야 한다고 충고했다. "너는 지금 스스로를 내던지고 있어. 마치 네 것이 아닌 것처럼." 효주는 순순히 그 말이 맞는 것 같다고 인정했지만 앞으로 어떻게 해야 할지 감을 잡지 못했다.

그나마 효주가 집중할 수 있는 것은 지금 이곳에서 한

긴 예지

발 벗어난 뉴스뿐이었다. 어떤 시기에는 며칠 밤낮을 꼼짝하지 않고 뉴스와 그 관련 영상을 찾아봤다. 놀랍게도 세계의 모든 대륙에서 전쟁과 폭동과 테러가 일어나고 있었고, 재해와 질병으로 사람들이 죽어가고 있었다. 효주가 보기에 지구는 곳곳이 곪은 한 알의 사과였고 이일련의 사건들로 인해 무섭게 치닫고 있는 결과는 단지국지적인 위태로움에 한정되지 않았다. 이것은 명백히사과 전체의 죽음을 암시했다. 효주는 탱크와 다연장 로켓포와 지뢰가 작동하는 전쟁터에서 가족과 터전을 지키기 위해 소총을 든 투기 넘치는 사람들의 영상을 보았다. 그리고 영상 아래, 그들이 모두 며칠 전 폭격을 받은 방송국 지하에서 이미 사망한 이들이라는 글을 읽은뒤 가슴이 내려앉았다. 몇 년 전 다른 여행지에서 그 나라 사람을 만난 적이 있었다. 짧은 대화에서 그가 의대에진학하기 전에 세계 여행을 하는 중이며 어릴 적 네 번의 심장 수술을 받고 기적적으로 살아났다는 이야기를들었다. 마지막 수술을 받기 전 그를 심폐소생술로 살린 의사가 당시 얼마나 희박한 확률에도 자신을 포기하지 않았는지 이야기하며 공포와 경이로 물들던 얼굴, 미래의 전쟁이나 피난 같은 건 조금도 떠올리지 못하던 어리고 무구한 얼굴을 기억했다. 효주는 자신이 세상 곳곳

☾

12
우다영

에서 눈길을 떼지 못하며 기웃거리지만, 결국 어디에도 머물지 않고 이내 다시 자신의 차가운 아파트로 되돌아온다는 사실에 충격을 받았다. 그곳에서 효주는 늘 혼자였다.

효주가 사회적인 의미로 다시 밖으로 나온 것은 반년만의 일이었다. 쓰레기봉투를 들고 엘리베이터에 탔을 때 거울 옆 공고란에 붙은 구인 광고가 눈에 들어왔다. 다른 전단지 사이에서 유일하게 자필로 쓴 글씨라 무심히 따라 읽기 시작했는데 주중 하루 두 시간씩 여섯 살 쌍둥이 자매를 돌봐줄 단지 내 베이비시터를 구한다는 내용이었다. 거기까지 훑었을 때 곁에 있는 줄도 몰랐던 여자가 불쑥 자기가 쌍둥이 엄마라고 말을 걸었다. 붙임성 있게 웃으며 아이들이 순하고 겁이 많아 장난도 심하지 않다고, 유치원 하원 차가 단지 안까지 들어와 내려주는데 아이들을 데리고 올라와 함께 간식을 먹으며 놀아주는 쉬운 일이라고 말했다. 그 순간 이상하게도 효주는 여자가 곧 사라질 것 같다고 생각했고, 이어 정말 무서운 생각을 했다는 죄책감을 느꼈다. 여자는 귀여운 아이들이니 일단 한번 만나보라고, 그러지 말고 지금 올라가서 차나 한잔하자고, 나 좀 살려달라고 농담처럼 말했다. 효주는 여자가 물에 빠진 사람처럼 느껴져 그 말을 무시할 수 없었다.

　여자는 효주에게 차를 내어주기 전에 쌍둥이를 식탁 앞 높은 의자에 나란히 앉히고 스마트폰을 하나씩 손에 쥐여줬다. 서로를 잡고 당기며 집 안을 뱅뱅 뛰어다니던 아이들은 금세 조용해졌고 그러자 데칼코마니처럼 닮은 얼굴이 되었다. 어린 쌍둥이는 짐짓 심각한 표정을 지으며 두 손으로 쥐기에도 조금 큰 스마트폰을 거실 창을 향해 최대한 쭉 뻗고 작은 턱을 치켜들었다. 잠시 뒤 하늘에서 수십 개의 검은 공이 쏟아졌다. 아이들은 화면에서 눈을 떼지 못했다. 효주는 그것이 요새 인기를 끌고 있는 모바일 게임 〈볼볼볼〉이라는 것을 바로 알아봤다. 뉴스 영상에서 그 게임에 빠진 사람들을 본 적이 있었다. 길거리에서 스마트폰을 높이 쳐들고 가늘게 뜬 눈으로 화면을 올려다보는 사람들. 그들은 볼을 보는 중이었다. 삼삼오오 몰려다니며 하늘을 보는 학생들, 출퇴근길 대중교통에서 창가에 붙어 앉은 직장인들은 대개 〈볼볼볼〉의 플레이어였다. 효주의 기억 속에 깊이 각인된 광경은 얼굴이 보이지 않는 무수한 팔이 버스 차창이나 강을 가로지르는 다리 난간 밖으로 경례하듯 비스듬히 뻗어 나온 모습이었다. 그 풍경에는 어떤 의도나 의미가 내포되어 있는 것 같다고 느꼈다.

☾

우다영

〈볼볼볼〉은 단순한 게임이었다. 스마트폰으로 하늘을 비추면 즉시 시작되며, 화면에 증강현실로 구현된 검은 공들이 나타난다. '볼'이라 불리는 이 공들은 처음엔 하늘 꼭대기에 있는 작은 점처럼 보이지만 천천히 떨어져 눈앞까지 다가오고, 이때 플레이어가 터치하지 않으면 화면 프레임 밖으로 빠져나간다. 볼은 고무처럼 광택과 탄력이 있고, 실물과 비교하면 어림잡아 한 손에 겨우 꽉 쥘 수 있는, 야구공보다 조금 더 큰 크기였다. 이 게임의 포인트는 종말이 들어 있는 '불운의 볼'과 아무것도 들어 있지 않은 '행운의 볼'로 나뉘어 있다는 점이었다. 절반의 확률로 행운의 볼을 터치하면, 볼은 비눗방울처럼 터져 사라진다. 세상엔 아무 일도 일어나지 않고 또다시 볼을 터트릴 기회가 생긴다. 그러나 불운의 볼을 터치하면, '물'과 '불'의 심판이 터져 나온다. 플레이어가 올려다보던 하늘에서 물벼락과 불벼락이 쏟아지고 세상은 종말을 맞는다. 그럼 그대로 게임은 끝이었다. 종말을 피해 더 많은 볼을 터트리는 것, 세상이 아무런 일도 없이 미래로 나아가도록 하는 것이 〈볼볼볼〉의 플레이였다.

이 특별할 것 없는 게임이 전 세계적으로 성공을 거둔 까닭은 유례없이 엄청난 액수의 상금 때문이었다. 〈볼볼볼〉의 제작사는 매주 가장 높은 기록을 세운 플레이어에

긴 예지

게 기록의 확률만큼 상금을 지급했다. 가령 연속으로 스물세 개의 안전한 볼을 터트릴 확률은 약 838만분의 1이었고, 그러므로 하이 스코어 플레이어가 받게 될 상금은 838만 달러였다. 이는 대략 1부터 45까지의 번호 가운데 6개의 번호를 맞혀야 하는 복권의 당첨 확률과 비슷했다. 매주 벼락스타가 탄생했다. 절대 깨지지 않는 유리천장으로 불리는 서른 개의 볼을 맞히기 바로 직전, 스물아홉 개의 볼까지 맞힌 세 명의 전대 우승자는 토크쇼 패널이 되어 새로운 〈볼볼볼〉 스타를 기다린다고 카메라를 향해 외쳤다. 그들은 두 번, 세 번 우승한 다승 우승자들을 게스트로 불러 확률적으로 이런 결과가 얼마나 불가능에 가까운지 분석하며 혀를 내둘렀고, 앞을 보지 못하는 우승자가 탄생했을 땐 그가 스튜디오에서 높은 기록을 연달아 세우는 모습을 기적의 시현처럼 편집해 보여주었으며, 비록 우승하진 못했지만 꾸준히 하이 랭킹에 오르는 플레이어들을 매력적으로 소개했다. "대부분의 사람보다 지속적으로 볼을 잘 맞히는 사람들이 분명있어요. 바로 우리 같은 사람들이죠. 이것은 특정 능력을 가진 특정군이 있다는 방증이에요. 인류가 아직 알지 못하는 인간의 육감이 존재한다는 증거죠."

유명해진 플레이어들은 기후문제와 식량문제에 대한

경각심을 일깨우거나 분쟁 지역에 대한 관심을 호소하는 캠페인 영상을 찍었다. 공식적으로 〈볼볼볼〉은 공익 실현을 목적으로 제작된 프로젝트 게임이었고, 세계 각국의 정부, 다국적 거대 기업, 비영리단체가 후원처로 등록되어 있었다. 〈볼볼볼〉의 플레이어들은 게임이 종료되면 일 분간 캠페인 영상을 시청함으로써 세상이 보다 더 나아지는 데 기여했다.

효주는 쌍둥이 중 동생이 계속해서 일곱 개 내지 여덟 개의 볼을 맞히는 모습을 눈앞에서 지켜봤다. 똑같은 얼굴의 언니는 겨우 두 개 내지 세 개를 맞힐 뿐이었다. 동생은 한 게임이 끝날 때마다 엄마를 바라보며 그림을 완성하거나 장난감 박스를 다 정리했을 때처럼 칭찬받을 준비를 했다. 여자는 그때마다 동생의 머리를 쓰다듬어 주었고, 잊지 않고 언니도 품에 꼭 안아주었다. 효주는 여자가 지금 일어나고 있는 일에 아무런 이상함도 느끼지 못한다는 것을 알았다. 아무런 단서도 없이 베일 너머에 있는 수백 가지의 답 중 하나를 직감으로 알아맞히는 아이가 있고, 그 아이와 유전적으로 또 후천적으로 거의 동일한 조건에 놓인 쌍둥이 언니가 다른 결과에 직면한다는 것. 이 상태가 자연스럽지 않다는 것. 효주는 이전에도 비슷한 상황을 마주한 경험이 있었다. 코인 차트에

긴 예지

서 어떤 종목의 그래프가 예측 궤적을 크게 벗어난다면 그것은 명백히 어떤 힘의 개입을 의미했다.

또 놀랍게도 효주가 쌍둥이를 돌보는 동안 동생의 실력은 점점 늘었다. 이제 동생은 평균 열세 개의 볼을 맞혔고, 최고 열아홉 개의 볼을 맞힌 적도 있다고 했다. 그때쯤 언니 쪽은 그 게임에 완전히 흥미를 잃고 100피스짜리 퍼즐 맞추기에 열을 올렸다. 퍼즐은 〈볼볼볼〉과 달리 가만히 들여다보면 답이 보였고, 혹이 달리거나 골이 파인 네모난 퍼즐 조각은 언제나 그것과 꼭 맞는 구석이 있었다. 효주는 매주 새롭게 바뀌는 〈볼볼볼〉의 랭킹 차트에서 동생이 항상 이 도시의 상위 다섯 명 안에 랭크된 모습을 보았다. 효주는 아이가 햇살이 드는 큰 창가에 앉아 한 손에 든 수박맛 아이스크림이 녹아내리는 것도 모른 채 스마트폰 화면을 올려다보는 모습, 효주가 보기에 모두 똑같은 검은 공들을 집중해서 바라보며 차이를 읽어내는 모습을 곁에서 지켜봤다. 아이가 건네서 효주도 몇 번 그 게임을 해본 적이 있었지만 두 개 내지 세 개의 볼을 맞힐 뿐이었다.

어느 날 여자는 하얗게 질린 얼굴로 효주를 찾아와 정부 기관에서 동생을 데려간 것 같다고 털어놓았다. 〈볼볼볼〉과 관련되었다는 것만 짐작할 뿐 어디 소속인지 정

(

우다영

확히 안내받지 못했으며 반드시 함구해야 한다고 당부받았지만 효주에게라도 이야기하지 않고는 못 견딜 것 같았다고 했다. 그들은 여자에게 쌍둥이 동생의 '능력'을 연구할 권한을 각 부처로부터 부여받았음을 철저히 증명한 후 아이를 시설로 데려갔다. 언제든 아이와 연락을 취할 수 있으며 영재를 특수학교에 입학시키는 일과 다를 바 없다고 그녀를 안심시켰지만 반나절 만에 모든 일을 일사천리로 처리해 버린 과정이 상당히 과격했고 마치 군인들 같았다고, 무얼 믿고 그때 아이를 순순히 보내줬는지 모르겠다고 여자는 자책했다. 효주는 그 순간 홀로 두 아이를 키우며 일하는 여자를 낯설게, 또 친숙하게 바라봤다. 여자가 이토록 가까운 사람이 되었다는 사실에 놀라면서. 효주는 마음이 편치 않았다. 처음엔 여자를 안타까워하는 것이라고 생각했는데, 며칠이 지나자 자신이 계속해서 떠올리고 있는 사람은 다름 아닌 그들이 데려간 아이라는 것을 깨달았다. 효주가 베이비시터로 지낸 것은 반년 정도였고 그 애들과 하루 두 시간을 함께 보냈을 뿐이었다. 그러나 효주는 분명하게, 자신이 또 무언가를 놓쳤으며, 그 탓에 누군가를 구하지 못했다고 느꼈다. 어째서 이런 기분을 느끼는지 스스로도 이해할 수 없었다. 효주는 한동안 베이비시터 일을 쉬겠다고

☾

긴 예지

말한 뒤 집에 틀어박혔다. 가슴이 빠르게 뛰고 숨을 쉬기 어려웠다. 이런 감정의 동요와 불안이 어디에서 기인하는지 알 수 없었다. 무엇하나 제대로 알지 못하는 채로, 효주는 〈볼볼볼〉을 내려받아 플레이하기 시작했다.

아무리 반복해도 효주는 볼을 두 개 내지 세 개밖에 맞힐 수 없었다. 완벽하게 평범한 수치였다. 이따금 다섯 개나 일곱 개, 때로는 열 개의 볼을 맞히기도 했지만, 그건 표준집단의 횟수가 압도적으로 늘어나며 희소하게 발생한 결과였고, 전반적인 기록은 꾸준하고도 집요하게 평균값을 맴돌았다. 효주는 차가운 유리창에 이마를 대고 스마트폰 화면으로 작은 하늘을 보았다. 구름이 드리운 흐린 하늘과 낮과 밤 속으로 빛나는 노을이 번지는 저녁 하늘. 그리고 공간의 경계도, 시간의 흐름도 보이지 않는 한밤의 새카만 어둠 속에서 오직 작고 검은 공들만이 쏟아져 내리는 모습을 하염없이 지켜봤다. 이 많은 볼들은 어디로 갈까. 행운과 불운이 담긴 알 수 없는 공들은. 효주는 때로는 신중하게 때로는 신경질적으로 대체로는 멍하니 볼을 터치했고 두 개 내지 세 개의 볼을 맞힌 뒤 종말을 맞았다. 끊임없이. 예외 없이. 효주는 계속해서 종말을 맞았고 잠을 조금 자거나 무언가를 먹기도 했지만 대부분의 시간은 〈볼볼볼〉을 하며 보냈다.

우다영

어느 날 잠에서 깼을 때 현관 앞에 그들이 와 있었다. 시간은 새벽 두 시를 지나고 있었다. 효주가 경계하며 문을 열자 낡은 아파트 복도에 소속을 알 수 없는 감색 제복을 입은 남자가 홀로 서 있었다. 얼마 지나지 않아 어둠 속에 훈련된 사람들이 모여 있다는 것을 알 수 있었다.

"놀라지 않으셨으면 좋겠습니다."

남자가 조용하게 말했다. 푸르스름한 센서 등 아래 일부 드러난 얼굴은 나이를 짐작하기 어려웠다.

"어디서 오셨죠?"

효주가 긴장한 채 물었다. 남자는 잠시 뒤를 건너다본 다음 말했다.

"단순한 협조 요청일 뿐입니다."

"〈볼볼볼〉 때문인가요?"

남자는 양해를 구하듯 효주를 천천히 뒤로 물리며 집 안으로 들어왔다. 문을 닫고 마주 서자 그는 의외로 효주의 또래로 보였고 초대받은 손님처럼 편안해 보였다. 남자는 사무적인 태도로 말했다.

"29세. 직계가족은 없으며 독거 중. 무교. 특정 단체 소속 확인되지 않음. 특이하게도 대학에서 미학을 전공한 뒤 코인 거래소에서 일한 이력이 있으시네요."

☾

긴 예지

"똑같이 패턴을 보는 일이니까요."

남자가 흥미롭다는 듯이 효주를 바라봤다.

"그리고 최근 한 달간 〈볼볼볼〉을 1만 6,000회 이상 플레이 하셨고요."

"솔이는 잘 있나요?"

효주가 참지 못하고 묻자 남자는 그 질문을 충분히 예상했다는 듯이 차분하게 물었다.

"6세 최연소 랭커의 베이비시터로 얼마 전까지 근무하셨죠?"

효주는 고개를 끄덕인 뒤 마음을 가라앉히고 생각을 정리했다.

"왜 저를 찾아오셨는지 모르겠어요."

"물론 선생님의 도움을 구하기 위해서입니다. 솔이와 마찬가지로요."

"저는 솔이처럼 특별한 능력을 가지고 있지도 않아요. 제가 어떤 도움을 드릴 수 있죠?"

"당장은 말씀드릴 수 있는 게 없습니다만, 불쾌한 일은 아닐 거라고 생각합니다."

정확한 상황 설명을 들으리라는 기대는 처음부터 없었다. 효주는 그가 죄책감을 느끼길 바라며 빈정거렸다.

"물론 제게 거절할 권리는 없겠죠? 무슨 목적으로 동

☽

22
우다영

원되는지도 모르는 채로 끌려가게 되나요? 혹시 실험실에 갇히나요?"

남자는 여전히 사무적인 태도를 취하고 있었지만 잠시나마 고민하는 표정을 지었다. 그는 결심한 듯 말했다.

"저는 군에 소속되어 있습니다. 하지만 군인이 아니라 연구원이죠. 딱딱하게 굴 생각은 없어요. 우리 연구에 대해 잠시 들어주셨으면 하는데 괜찮으시겠습니까?"

효주가 잠자코 기다리자 남자는 고개를 끄덕였다.

"우선 질문을 드려보겠습니다."

그는 방 안을 둘러보다가 침대 옆에 놓인 정육면체 모양의 원목 협탁을 가리켰다.

"저 안에 뭐가 들었죠? 문을 열지 않고 알 수 있습니까?"

"거기에는…"

"선생님이 그것을 아는 방법은 과거에 저 안에 무얼 넣어두었는지 기억하는 것이죠. 과거와 현재를 연결하는 기억이라는 경로를 통해 대상을 보는 것이고 대부분의 사람이 이런 식으로 사고합니다."

효주는 고개를 끄덕였다. 그는 계속했다.

"그렇다면 한 가지 가정을 해보겠습니다. 과거에 겪었던 일을 떠올리듯이 미래에 겪게 될 일을 떠올릴 수 있

☾

긴 예지

는 사람이 있다면 이런 방법을 택할 수도 있을 겁니다."

남자는 걸어가 협탁 전면에 달린 문을 열었다. 그 안에는 몇 권의 소설책이 들어 있었다. 그는 다시 문을 닫고 제자리로 돌아와 협탁을 가리키며 말했다.

"이제 저는 문을 열지 않고도 저 안에 든 게 무엇인지 알 수 있습니다. 책이 들어 있군요."

"방금 문을 열고 확인했으니까요."

효주가 지적했지만 남자는 개의치 않았다.

"문을 열어보기 전의 저에겐 문을 열어본 지금이 미래겠죠. 지금의 저는 방금 전 과거에 문을 열었던 경험을 떠올리는 방식으로 협탁 안에 든 물건을 알고, 반면 과거의 저는 미래에 문을 열게 될 제 모습을 떠올리는 방식으로 협탁 안에 든 물건을 아는 겁니다. 미래를 안다면 이런 식으로 사고할 수 있습니다."

"무슨 말인지는 알겠어요. 하지만 우리는 미래를 알 수 없으니 그런 식으로 사고하는 건 애초에 불가능하잖아요."

"미래는 왜 알 수 없죠?"

"그야 아직 일어나지 않은 일이니까요."

"바로 그겁니다."

남자는 손을 들어 효주의 안에 무언가가 보인다는 듯

☾

이 똑바로 가리켰다.

"미래가 아직 존재하지 않는다는 생각. 사람의 마음속에 깊이 자리한 그 믿음이 틀렸다는 것을 증명한 이들이 있습니다."

"어떻게요?"

"우선 오래전부터 그런 주장을 제기한 과학자들이 있습니다. 대지진이 일어나기 전에 쥐, 뱀, 족제비, 두더지, 지렁이, 지네 등 무수한 동물들이 전조를 느끼고 대피하는 것은 모두가 익히 아는 사실입니다. 하지만 여전히 원리가 밝혀지지 않은 현상이죠. 동물학자들은 이처럼 재앙의 도래를 감지할 수 있는 동물의 능력을 밝히려고 노력했습니다. 가장 접근하기 쉬운 생각은 동물이 인간에겐 없는 감각을 가지고 있다는 가정이었습니다. 인간이 느끼지 못하는 자기장이나 고주파를 감지하고 그 감각 데이터를 바탕으로 재앙의 도래를 계산해 낸다는 것이죠. 이는 진화 과정에서 축적된 경험이 직관으로 작동하는 것이며, '본능'의 형태로 나타난다고 학자들은 짐작했습니다. 처음에는 거의 정론처럼 받아들여졌죠. 하지만 한 동물행동학자가 반례를 제시했습니다. 어떤 예민한 개는 주인이 뇌졸중으로 쓰러지기 전에 위험을 감지하고 그를 미리 바닥에 눕힘으로써 2차 사고를 막았

☾

습니다. 동물의 위험 감지 능력이 생존 본능이라면 자신이나 자신의 종을 벗어난 다른 존재의 위험을 감지할 수 없었을 것입니다. 그러므로 그것은 동물이 의도를 가지고 계산한 '예측'일 수 있다는 의견이 고개를 들었습니다. 인간과 다른 효율적인 공식으로 더 빠르고 더 정확하게 결과를 연산한다고요. 그때 조류학자들과 기후학자들은 연구를 공조하고 있었습니다. 매년 한 철새가 평년보다 빠르게 이동하면 그 해에 더 많은 허리케인이 발생한다는 관찰 결과를 두고 논의가 오갔죠. 원리를 알아낼 순 없지만 새들의 행동 패턴을 분석하여 얻은 귀납적 데이터에 따르면, 새들은 정확도가 100퍼센트에 수렴하는 기상 예보 시스템을 구축하고 있었습니다. 현존하는 최고의 슈퍼컴퓨터로 계산해도 한두 달 후의 기상 상황은커녕, 다음 주 기상예보에도 큰 오차가 발생합니다. 그렇다면 다시 의문이 제기됩니다. 슈퍼컴퓨터로도 연산할 수 없는 방대한 계산을 정말 새들이 하는 걸까? 그걸 과연 계산이라고 할 수 있을까? 계산이 아니라면, 저 새들이 어떻게 미래를 아는 걸까? 미래를 아는 방법. 새들에게 미래란 우리가 아는 것처럼 멀리서 다가오는 형태가 아닐지도 모릅니다. 과거가 차곡차곡 쌓여 만들어진다고 여겨졌던 미래라는 탑은 이미 완성된 상태로 존재하

우다영

고, 그 완성된 탑을 보는 방법이 있을지도 모른다는 겁니다. 미래가 존재한다. 이것은 인류에게 '0이 존재한다'라는 사고의 도약처럼 혁명적인 전제가 됩니다. 실은 이미 오래전부터 수학은 과거와 미래가 똑같은 방정식에 의해 결정된다는 것을 알고 있었습니다. 그런 이유로 어떤 물리법칙도 과거와 미래를 구분해 내지 못했죠. 고전역학, 전자기학, 상대성이론, 그리고 양자물리학까지. 현재의 물리계에서 해당 물리계의 과거와 미래는 똑같은 방정식에 의해 결정되며, 그러므로 과거를 계산하듯 미래를 계산한다고 해서 이론적으로 문제될 것은 전혀 없습니다."

남자는 효주를 향해 몇 걸음 다가왔다.

"말하자면 인간이 인지할 수 없는 높은 차원에서 보았을 때, 과거와 미래는 나란히 펼쳐져 있을 수도 있고, 저 3차원의 정육각형 협탁이 2차원의 정사각형처럼 보일 수도 있다는 겁니다. 우리는 협탁의 문을 열지 않고도 그저 위에서 내려다보는 것과 흡사한 방식으로 그 안에 무엇이 들었는지 볼 수 있습니다. 마치 정사각형 안에 그려진 점을 보는 것처럼요. 때론 손을 집어넣어 그 안에 든 책을 꺼냄으로써 책이 순식간에 사라진 것처럼 보이도록 만들 수도 있습니다."

（

남자는 두 손으로 자신의 얼굴을 가렸다. 잠시 뒤, 손 너머에서 그의 감은 눈과 코와 웃고 있는 입술이 다시 드러났다. 그가 눈을 떴다.

"아기는 엄마의 얼굴이 시야에서 사라지면 엄마가 세상에서 사라져 버렸다고 믿고 울음을 터뜨립니다. 다시 손을 치우면 어떨까요? 그야말로 어딘가로 사라졌던 엄마가 다시 나타난 겁니다. 인간은 아기가 세상을 바라보듯 세계를 인식하고 있었던 겁니다. 우리는 이제 우리의 시야를 가리고 있는 손 너머에 미래가 존재한다는 것을 알게 되었습니다."

"하지만 여전히 주장일 뿐이잖아요."

효주가 말했다.

"설사 미래가 존재한다고 해도 그걸 어떻게 증명하겠어요. 미래는 볼 수도 만질 수도 없는데요."

"'예지'입니다."

"예지요?"

"그렇습니다. 예지는 미래가 존재함으로써 존재합니다. 여러 전제 조건이 필요한 예측과는 전혀 다른 개념이죠. 예지는 선험적 직관으로 미래와 얽힘 상태로 존재합니다. 즉, 미래와 다르다면, 그것은 예지로서 성립되지 않습니다. 그러므로 예지는 그 존재 자체로 미래가 이미

우다영

존재한다는 사실을 증명할 수 있습니다. 우리 연구의 최종 목적은 예지자들의 능력을 빅데이터로 모아 예지 인공지능을 만드는 것입니다. 〈볼볼볼〉은 그 표준집단을 선별하기 위해 만든 게임이죠."

그는 방금 말한 모든 내용이 극비이며, 원래는 효주가 예지자임이 확실하게 증명되었을 때 공개되는 정보라고 덧붙였다. 말문이 막혔던 효주는 가까스로 물었다.

"그런 인공지능이 정말 가능하다고요?"

"그런 데이터가 정말 존재한다면요. 예지가 존재한다면 말입니다."

"미래를 정확히 예지하는 존재는 제가 알기로 한 번도 없었어요. 세상에 없는 존재를 만들겠다는 건가요?"

"본래 자연에는 파란 장미도 없었죠. 하지만 이제 품종이 개발되었고 기적과 희망이라는 꽃말을 얻었습니다."

남자의 열정적인 답변에도 효주는 냉담했다. 그는 지금 우주의 흐름을 읽는 신을 만들겠노라고 선포한 것이나 다름없었다. 이런 터무니없는 연구에 국가와 단체들이 자금을 대고 있다니 믿기지 않았다.

효주의 기색을 살피던 남자는 작게 한숨을 내쉬었다. 그리고 조용하게 물었다.

☾

"근래 모든 일에 무기력해지지 않으셨나요? 이유 없이 무력감을 느끼고 어딘가에 묶여 옴짝달싹할 수 없는 기분은요?"

효주는 소름이 끼쳤다.

"점점 더 심해질 겁니다. 위험한 충동을 느끼시겠죠? 모든 것을 끝내버리고 싶다는 마음 말입니다. 처음에는 일상을, 그리고 주변을, 나아가 삶을 정리하려 들 겁니다. 그런 충동을 느끼는 건 실제로 그런 충동을 느낄 만한 미래가 다가오고 있기 때문이에요."

"그게 무슨… 무슨 말인지 이해가 잘…"

"말하자면 그 무기력증 또한 예지의 일종이라는 겁니다. 자신이 미래를 본다는 사각이 없는 예지자들에게 흔히 생기는 증상이죠. 그들은 기분이나 욕구로 예지에 대한 반응을 보입니다."

효주는 혼란스러워하며 물었다.

"이 모든 게 예지라면, 대체 어떤 미래를 봤다는 거죠?"

한순간 남자의 얼굴에 절망감이 스쳤다. 절망감이라고? 효주는 그가 입을 열길 기다렸다. 하지만 기대와 달리 남자는 돌아서서 거실 한쪽 구석을 향해 걸어갔다. 빈 벽에 등을 기댄 남자의 얼굴에선 연구에 대해 떠들

우다영

때 빛나던 눈빛이 사라져 있었고, 그러자 미처 발견하지 못했던 피로와 고단함이 여실히 드러났다. 그가 다시 입을 열었다.

"우리가 예지 이론을 과학적으로 정리하기 이전에, 이미 아주 오래전부터 예지의 특성을 파악하고 전승한 집단들이 있습니다. 특정 부족이나 가문, 학파나 종파들이 명맥을 이어왔죠. 우리는 〈볼볼볼〉을 만들기 이전에 그런 예지자들을 확보하고 있었습니다. 그리고 어느 순간, 예지자들이 하나같이 공통된 형상의 예지를 보기 시작했죠. 누군가는 새하얀 폭포를, 누군가는 새까만 불을 보았습니다. 물론 강력한 예지력을 가진 이의 예지에도 오차는 있습니다. 한 사람의 예지만을 놓고 보았을 때, 미래가 도래하기 전까지 어떤 예지가 가능성으로만 남아 탈락할지 알 수 없습니다. 하지만 여러 예지자들의 예지가 그리는 중첩된 패턴은 확실한 미래가 됩니다. 윤곽이 조금 모호할지라도 어떤 특정한 형상이 드러나는 겁니다. 즉, 우리는 예지의 분포가 그리는 총체적인 모양이 미래라는 것을 알게 되었습니다. 그리고 현 인류의 예지들이 중첩한 미래의 형상은 이 세상의 종말입니다."

"종말이라고요?"

"그렇습니다."

효주는 크게 숨을 들이켰다.

"미쳤군. 솔이를 다시 데려올 기야."

남자는 효주를 진정시키려 했다. 그러나 효주는 이미 그를 등지고 현관으로 향했다. 문을 열자 찬 새벽 공기가 뜨거워진 얼굴에 닿았다. 남자와 함께 온 사람들은 가벼운 동작만으로 효주의 진로를 차단하겠다는 의사를 보였다. 이제 거의 분노에 휩싸인 효주를 남자가 다가와 붙잡았다.

"우리가 처음 이 아파트에 왔을 때, 어떻게 알고 문을 열었죠?"

어떻게 알았더라. 기억나지 않았다.

"소리를 들었거나 기척을 느꼈겠죠."

"볼을 볼 때 무슨 생각을 했죠?"

"아무것도요! 난 아무것도 모르는 채로 그냥 그 공들을 터뜨렸을 뿐이에요. 어쩌다 운이 따랐을지 몰라도 그건 내가 뭘 알고 한 게 아니란 말이에요. 예지 따위가 아니라고."

"운이 아닙니다."

남자가 단호히 말했다.

"선생님은 〈볼볼볼〉을 1만 6,000회 이상 플레이 하며 단 한 번도 물이 든 볼을 터뜨린 적이 없습니다."

☾

우다영

"뭐라고요?"

효주는 몸에 힘을 빼고 그대로 멈춰 섰다. 남자가 말했다.

"터치할 때 매번 물을 피해 불을 선택했습니다. 무려 1만 6,000번이나 예외 없이. 오차 없이. 어머니와 아버지의 죽음이 기저에서 작용했을지도 모릅니다. 어머니가 여객선 침몰 사고로 돌아가셨을 때, 그 여객선 티켓을 선생님이 선물했었죠. 아버지가 폐렴을 얻게 된 건 어렸을 적 강물에 빠진 선생님을 구한 뒤였고요. 충분히 물에 대한 거부감이 무의식에 자리할 수 있습니다. 그러나 트라우마가 작용했다고 해도, 우리는 이런 고순도의 예지 데이터를 이전에 어디서도 본 적이 없습니다. 그게 제가 선생님을 찾아온 이유입니다."

효주는 예지의 존재를 인정했다. 그리고 동시에 자신의 삶을 새롭게 인식했다. 그것은 효주가 한 번도 떠올려 보지 않은 종류의 이야기였다. 효주는 이전까지 아버지와 어머니 죽음의 원인을 자신과 연결 지은 적이 없었다. 효주가 기억하는 아버지는 오랜 병을 앓은 사람 특유의 신경질적인 태도로 떠나는 순간까지 세상을 비관하던 사람이었다. 또 효주에게 어머니의 죽음은 사고의 책임이 있는 운송 기업과 관계자들을 처벌하기 위해 분노하고 투쟁해야 했던 경험이었다. 남자가 효주의 인생에서 사건과 인과를 선별해 하나로 이어 붙이자 그것은 이제 세상에 존재하는 새로운 이야기가 되었다. 그 이야기는 이미 오래전부터 존재했으며 효주가 살아온 삶 그 자체가 되었다. 효주는 한순간에 자신의 인생을 그렇게 만든 남자에게 증오를 느꼈고 그를 영원히 미워하리라고 예지했다.

2

그의 이름은 도경이었다. 도경은 센터로 향하는 헬리콥터 안에서 효주의 오른편에 앉았다. 효주는 내내 안대로 눈이 가려진 채, 의도적으로 방향을 바꾸며 복잡한 경로로 비행하는 헬리콥터가 다른 도시나 다른 나라로 향하고 있을지도 모른다고 생각했다. 효주의 적의를 긴장감으로 읽은 도경은 센터에서 필요한 이런저런 숙지 내용을 전해주었고, 여전히 효주가 아무 말이 없자 자기 이야기를 떠들기 시작했다. 도경의 어머니가 점을 칠 때 사용하던 찻잎에 대한 이야기였다. 따뜻한 유리 주전자 속에서 얇고 부드럽게 펼쳐지며 느리게 휘돌던 암갈색 리본들. 궤적을 따라 연기처럼 퍼지던 붉은 빛깔의 꼬

우다영

리들. 얼핏 보면 그저 마구잡이로 뒤섞이고 있는 작고 연약한 물보라를 그의 어머니는 길이 있는 지도처럼 찬찬히 들여다보았다고 했다. 그리고 차가 알맞게 우러나면 오늘 과연 아들이 시험을 잘 치를지, 저녁에 큰비가 내려 놀러 갈 궁리가 다 허사가 되진 않을지 미리 일러주었다. 찻잎점은 집안에서 다도와 함께 알음알음 전해지다가 외할머니가 어린 어머니를 달래거나 겁줄 때 종종 봐주던 것이었다. 도경이 보기에 두 사람 모두 꽤 신통한 편이었지만 그에 비하면 자신의 감은 도통 무디기만 했다고 털어놓았다. 그 감각은 아마도 모계 혈통으로 이어지는 듯이 보였고, 자신이 딸이었다면 달랐을지도 모른다고 그는 생각했다. 도경은 예지의 감각이 분명 유전방식의 특징을 띠면서도 예외가 생기는 현상에 호기심을 느꼈고 어떤 유전자가 이런 차이를 만드는지 알고 싶었다고 말했다. 솔이처럼 유전 정보가 동일한 일란성쌍둥이의 경우에도 종종 예지 능력의 차이가 발생하는데 이는 인간이 DNA 이외에 다른 전승 방법을 가지고 있을지도 모른다는 일각의 주장과 통하는 부분이 있다고 설명했다.

"그런 고민들을 하다가 문득 가장 중요한 사실을 뒤늦게 알아차린 겁니다."

긴 예지

비행 소음이 차단된 헤드셋 너머에서 도경의 들뜬 목소리가 들려왔다.

"예지가 유전된다는 것은 예지가 프로세스라는 의미입니다. 즉, 예지는 미지나 환상의 영역이 아니라 우리가 존재하는 이 물리계에 공존하고 있다는 겁니다."

도경은 예지 인공지능 프로젝트의 책임자 중 한 명이었다. 효주가 보기에 그는 학문적 열의와 함께 세계에 대한 일종의 사명감을 품고 있었다. 때때로 도경이 강렬한 의지로 달아올라 있다는 것을 느낄 수 있었다.

착륙 후 도경은 따로 이동했고 효주는 양옆에 선 군인들의 인도를 받으며 한 건물 안으로 들어섰다. 어림짐작하기에도 거대한 규모였고, 멀찍이서 움직이고 있는 꽤 많은 인원이 느껴졌다. 수백 명, 어쩌면 수천 명일지도. 얼마 뒤 효주는 자신이 취조실처럼 사방이 방음벽으로 막힌 방에 들어왔다는 것을 깨달았고 앞에 넓은 탁자가 놓여 있다고 짐작했다. 잠시 후 누군가 효주 건너편에 앉았다. 그녀가 안대를 벗어도 좋다고 말했다. 안대를 벗자 마르고 웃음기 없는 중년의 연구원과 눈이 마주쳤다. 그녀는 이것이 연구에 참고할, 참여자의 성향을 알아보는 테스트라고 설명한 뒤 바로 시작했다. 테스트는 모니터 화면에 계속해서 나타나는 두 갈래 길 중 오른쪽이

(☾

우다영

나 왼쪽 길을 선택해 나아가는 것이었다. 처음에 효주는 화면에 집중하며 단서를 찾아보려 했지만 이내 테스트의 원리나 방식을 짐작할 수 없다고 결론 내렸다. 그 뒤론 고민 없이 빠르게 선택했다. 가도 가도 길은 끝없이 두 갈래로 갈라졌고 마흔아홉 개의 길을 선택한 뒤 테스트는 끝났다. 연구원은 말없이 결과 차트를 들여다보다가 효주가 테스트에 통과했음을 알려주었다. 사실 이 테스트는 참여자의 성향을 알아보는 용도가 아니며, 센터에서 수용할 예지자의 최소 자격을 검증하는 용도라고 말했다.

"마흔아홉 개의 갈림길 중 진짜 길은 단 하나밖에 없었어요."

그녀는 여전히 웃지 않으며 효주를 바라봤다.

"당신이 선택하지 않은 길은 애초에 모두 막혀 있고 단 한 번이라도 다른 선택을 했다면 더 이상 나아갈 수 없었을 겁니다. 테스트는 의도적으로 2의 49제곱분의 1의 확률인 유일한 길을 맞혀보라고 요구하지 않고 그저 길을 나아가라고 지시함으로써 당신의 예지를 자유롭게 한 거예요. 예지를 가로막는 건 다름 아닌 스스로 만든 벽이라는 걸 꼭 기억하세요."

그런 다음 그녀는 자리에서 일어나 커다란 탁자를 가

로질러 효주에게 손을 내밀었다. 의외로 작고 부드러운, 아기 같은 손이었다. 그녀는 효주에게 세상을 꼭 지켜달라고 당부했다.

효주는 배정된 방으로 안내되던 중에 솔이를 보았다. 넓은 로비 홀에서 어른들에 둘러싸인 채 손에는 과자 봉지를 쥐고 있었다. 키가 큰 할아버지가 솔이를 높이 안아 들고 있었고 솔이는 그의 입에 과자를 넣어주고 있었다. 가까이 다가가자 솔이가 효주를 알아봤다. 처음 아주 잠깐은 모르는 사람처럼 바라봤지만 곧 와아 하고 입을 벌리며 효주에게 달려왔다. 효주는 반사적으로 무릎을 굽히고 솔이를 품에 받았다. 작고 말랑말랑한 몸의 감촉. 솜털이 덮인 목덜미에서 나는 익숙한 아이 냄새.

"엄마는요?"

솔이가 해맑게 물었다.

"아직. 선생님하고 놀고 있자. 잘 기다릴 수 있지?"

"네!"

그 순간 효주는 어렴풋이 이 감각을 기억해 냈다. 하원 버스에서 내리면 당연하다는 듯 효주를 향해 달려오는 아이들, 효주의 손을 잡고 집으로 돌아와 부드러운 매트 위에서 아무 걱정 없이 노는 아이들의 그 안온한 모습을

38

우다영

효주는 소파 한쪽에 앉아 가만히 지켜보았다. 아무것도 하지 않는 시간이라고 생각했는데 그게 아니었다. 효주는 그 잠깐의 시간 동안 아이들의 세상을 지켜주고 있었다. 겨우 그 정도를 해낼 수 있었다. 여전히 아이와 각별한 사이라고는 느끼지 못했지만 그 순간 마음속에서 일렁이는 충동이 모든 것을 분명하게 해주었다. 효주는 아이를 지켜주고 싶었다.

솔이 곁에 있던 사람들이 다가와 인사했다. 젊은 사람도 있었고 나이가 지긋한 노인도 있었으며 얼핏 보기에도 여러 국적의 사람들이 뒤섞여 있었다. 그들은 효주와 솔이의 사정을 모르면서도 잘 왔다고, 환영한다고 말해주었다. 그들에게서 이웃이나 동료를 대하는 느슨한 연대감이 느껴졌고, 갇혀 있다는 느낌은 조금도 받을 수 없었다. 그들은 그저 평범한 사람들처럼 보였는데, 효주는 이들 모두가 마흔아홉 개의 갈림길 중 마흔아홉 개의 정확한 길을 선택한 사람들이라는 게 새삼 놀랍게 느껴졌다. 그제야 품에 안은 솔이 역시 그 놀라운 길을 지나온 예지자라는 사실을 실감할 수 있었다. 나중에 알게 되었지만 센터에는 예지자들이 3,000명가량 수용되어 있었고 그 수는 계속 늘어나고 있었다.

효주의 요청이 받아들여져 솔이와 같은 방을 쓰게 되

었다. 센터에서는 각자의 개인적인 방을 배성받지만 당사자들이 원한다면 얼마든지 함께 생활할 수 있었고, 솔이처럼 보호가 필요한 경우에는 자청하는 사람을 받았다. 그동안 솔이를 돌보아 주었던 젊은 부부가 몹시 아쉬워하며 솔이의 옷과 짐을 새 방까지 옮겨주었다.

"이렇게 갑자기 아이와 떨어지게 될 줄 몰랐어요. 우리는 딸이 생긴 것처럼 기뻤거든요."

아내가 힘없이 남편에게 몸을 기대며 말했다. 부부는 오래전에 아이를 잃었다고 했다. 키 작은 아이를 보지 못하고 후진하는 트럭 뒤에서 아이가 넘어졌다고.

"늘 느끼지만 예지는 도무지 알고 싶은 걸 알려주지 않네요."

효주는 본격적으로 연구에 합류했다. 처음 센터에 들어온 예지자의 데이터는 아직 불안정하기 때문에 한동안 안정기를 거치는데, 안정화하는 방법은 우습게도 처음 받았던 갈림길 테스트와 동일했다. 하지만 이번에는 제대로 해낼 수 없었다. 마흔아홉 개의 관문을 정확한 방향으로 통과하는 단 하나의 길만이 있다는 사실을 알고 나자 정말 결과가 달라졌다. 두 번째 내지 세 번째 길에서 어김없이 막다른 길을 보았다. 당황하는 효주를 연

(

우다영

구원들이 대수롭지 않게 달래주었다. "처음엔 다들 그러시더라고요. 하지만 곧 감을 잡으실 거예요."

정말 사흘째 되었을 때 변화가 생겼다. 효주는 더 이상 눈앞에 놓인 갈라진 길의 양쪽을 쳐다보지 않았고, 저곳에 길이라는 개념의 공간이 있다는 것도 떠올리지도 않았으며, 자신이 지금 이곳에 있다는 사실도 잊어버렸다. 얼마 후에 예지자들과 이야기를 나누다가 알게 되었지만, 바로 그것이 예지에 임하는 기본 태도였다. 선형적인 인과의 조건들을 모두 잊는 것. 예지는 정답인 길을 알아맞혀 지나가는 것이 아니라, 다음 길 위에 있는 자신의 위치와 상태를 보는 것이다. 그것은 눈앞에 존재하지 않고, 머릿속이나 마음속에도 존재하지 않으며, 다만 미래에 존재한다. 효주는 이미 존재하는 것을 그저 보는 방법을 어렴풋이 터득했다. 물론 본다는 것은 은유적인 표현이었다. 효주가 느끼기에 미래는 보이지 않았고, 보이지 않지도 않았다. 마치 잠을 자려고 누워서 생각을 하고 있다는 생각을 떨쳐버리려고 애쓰지만 끝내 떨칠 수 없는 느낌과 비슷했다. 시야의 가장자리에 무언가가 붙어 있는데, 그 무언가가 있다는 것을 알 뿐 도무지 그것을 정확히 볼 수 없는 처지와 같았다. 그러나 효주는 이제 미래가 존재한다는 느낌을 분명하게 알게 되었다.

☾

41

긴 예지

"갈림길이요? 어떻게 했더라…"

솔이는 잘 기억하지 못했다. 어섯 살 아이에게 두 달 전의 일은 너무나 까마득한 과거였다. 나중에 다른 예지자들에게 솔이는 예지 안정화 기간이 따로 필요 없었다는 이야기를 들었다. 효주는 꼬박 한 달이 걸려서야 100번 중 100번의 성공률을 얻었다. 아무래도 아직 세상에 대한 선입견이 없는 아이들의 사고는 예지를 받아들이기에 유리했다. 사회에서라면 이런 백지상태는 차차 지식으로 채워나가야 하는 무지로 취급받았겠지만, 센터에서 그것은 순도 높고 강력한 무기였다. 효주가 보기에 솔이의 예지는 아무런 벽에도 가로막히지 않고 동에 번쩍 서에 번썩 이동하는 요술 같았다. 센터에서 일곱 살이 된 이 아이는 이제 특정 테러리스트의 이동 경로나 광활한 옥수수밭의 수확량을 정확히 예지해 내고 있었다. 효주는 과연 자신도 그런 정교하고 복잡한 미래를 알 수 있게 되는 날이 올지 자신할 수 없었다. 다른 예지자들은 효주의 힘을 북돋아 주려고 노력했다. 그들은 효주의 예지가 비교적 신통치 않다는 것을 알고 신경 써줬다. 그러나 효주는 정말 아무렇지도 않았다. 효주는 솔이의 가는 실 같은 머리카락을 끌어모아 단정히 묶어줄 때, 두 손에 잡히는 작고 동그란 두상 위에 예쁜 리본을 얹어

(

42
우다영

줄 때 잔잔한 안도를 느꼈다. 그 애는 효주의 눈앞에 있었고 언제든 손을 뻗으면 붙잡을 수 있었다. 효주에게는 그 사실이 가장 중요했다.

　다음 단계는 예지의 구체화였다. 아무런 단서가 없는 방에서 문 뒤에 놓인 물건을 알아맞히는 훈련이었고, 도경이 효주를 찾아왔을 때 협탁을 가리키며 설명했던 것과 같은 원리였다. 투시처럼 보이지만 곧 문이 열리는 미래를 예지하는 것이었다. 문을 열고 들어가면 창이 하나도 없고 천장과 벽지가 온통 새하얀 방이 나왔다. 들어온 문과 마주한 또 하나의 문은 짙은 녹색이었다. 효주는 탁자도 없는 의자에 앉아 그 문을 바라보며 하루에 1,000개 이상의 물건을 말했다. 사과, 수건, 브러시, 건전지, 향초, 오르골, 버터나이프… 소리 내어 끊임없이 부르자 그런 이름들이 지시하는 대상이 대체 무엇이었는지 헷갈리기 시작했고 점점 실체와 언어를 짝짓는 일이 어색하게 느껴졌다. 효주는 그중 겨우 스무 개 정도의 물건을 알아맞힐 뿐이었다. 주관식 문제를 운으로 맞히는 확률에 비하면 놀라운 수치였지만 예지로서는 결코 대단한 결과가 아니었다. 효주의 능력치가 좀처럼 오르지 않자 연구원들은 당혹스러운 기색이었다. 첫 번째 테

☾

스트를 통과한 예지자들에게 사실 두 번째 테스트는 어려운 도약이 아니었다. 말하자면 대상을 선명히 추려내는 인지능력과 표현능력에 달린 문제였다. 하지만 효주는 수개월째 제자리걸음을 했고, 함께 2단계에 머물던 사람들은 모두 다음 단계로 넘어갔다.

어부였던 한 예지자가 효주에게 타로점을 봐주었다. 그는 망망대해에서 수개월을 둥둥 뜬 채 육지로 돌아오지 않는 큰 배를 탔었는데 무료하며 동시에 내일의 일도 알 수 없는 불안한 나날 속에서 그의 타로카드가 선원들에게 도움이 되었다고 말했다. 해석의 여지가 있는 의미심장한 카드를 펼쳐 보이면 그가 입을 열 필요도 없이 선원들은 스스로가 이미 알고 있던 희망과 경고를 깨달았다. 온통 예지자들뿐인 센터에서도 그의 타로점은 인기가 많았다. 효주는 부드러운 검은 융단 위에 펼쳐진, 노란색 별이 가득한 카드 뒷면들을 골똘히 바라보다가 하나를 골랐다. 타로점을 봐주던 예지자가 카드를 뒤집었을 때, 그와 효주는 동시에 웃음을 터뜨렸다. 카드에는 커다란 문이 그려져 있었다. 단단히 가로막힌 문 같기도 했고, 곧 열리며 문틈으로 빛을 쏟아낼 문 같기도 했다. 효주가 생각대로 말하자 그는 그럼 그것이 이 타로점의 결과라고 말했다.

목사인 예지자는 효주를 위해 기도해 주었다. 그는 모든 일에는 우리가 알지 못하는 신의 계획이 깃들어 있다고 경건하게 말했다.

"그분이 닫힌 문을 보여주셨다면 이유가 있을 겁니다."

그러자 다른 한 예지자가 끼어들었다.

"하지만 목사님, 적어도 예지에는 의도나 의미가 없어요. 예지를 경험한 여기 있는 우리 모두가 사실 알고 있잖아요?"

목사는 입을 다물었고 다른 이들도 동의하는 눈치였다. 효주는 그들이 모두 느끼고 있는 예지의 감각에 대해 아직 알지 못했다. 대화에 끼어든 이가 논리적으로 설명했다.

"정확히 말하면 예지는 목적이 없어요. 예지는 예지자가 간절하게 원하는 것도, 그에게 꼭 필요한 것도 알려주지 않죠. 미리 도착한 미래는 단지 무작위로 던져진 조각으로 보여요. 마치 주사위처럼요. 그 미래가 앞서 우리에게 도착해야 할 특별한 이유도 없거니와 그런 경험을 통해 우리의 삶이 다른 의미를 찾게 되지도 않아요. 그냥 그것이 거기 있고 우리는 거기 있는 것을 알게 될 뿐이죠. 예지가 작동하는 방식은 기계처럼 차갑고 아주 딱딱

☽

해요. 예지의 감각을 익힐수록 더 분명하게 느낄 수 있어요. 예지되는 미래는 오히려 '힘'의 영향을 받는다는 것을요."

예지자들은 너도나도 비슷한 느낌을 경험했다고 목소리를 높였다. 그들의 이야기를 추려보면, 예지는 어떤 힘에 의해 미래의 모호한 형상으로 천천히 끌려가다가 그 형상에 가까워지면 순식간에 미래와 붙어 하나가 되는 감각이라는 것이었다. 미래와 예지가 하나 되어 마침내 세상에 존재하게 되는 감각, 그것이 예지라고 그들은 입을 모아 말했다.

어떤 미래가 강한 힘을 가졌다고 판단할 것인지에 대한 의견은 분분했다. 어떤 예지자는 자신이 백화점에서 연인에게 줄 선물로 무얼 고를지 미리 예지했으면서, 같은 날 연인에게 이별 통보를 받으리라는 것을 전혀 예지하지 못했던 경험을 이야기했다. 많은 예지자들이 그런 경험이 있다고 동의했다.

한 예지자가 나름대로 내린 결론을 이야기했다.

"미래의 어떤 사건에 경중을 둘지 결정하는 건 인간이 만든 기준과 다른 것 같아요. 우리가 생각하기에 명확하게 중요해 보이는 사건도 세계의 입장에서는 다르게 판단될 수 있죠. 가령 산불이 났을 때 우리는 당연히 인명피해 숫자에 주목하겠지만, 자연 전체의 판단에 의하면 불타버린 수백 년 된 나무의 수가 더 중요할 수도 있고요."

또 다른 예지자는 이렇게 말했다.

"어쩌면 세계는 사건의 중요를 판단하지 않을지도 모릅니다. 변동의 가능성이 거의 사라진 더 안정된 미래, 그러니까 더 확실하게 일어날 미래가 강한 미래일지도 모르죠."

물리학 지식이 있는 예지자는 그것을 중력에 빗댔다.

"모든 우주의 움직임은 힘의 균형이 만든 절묘한 상태예요. 질량을 가진 모든 것, 그러니까 커다란 별도, 작은 행성도, 그보다 더 작은 위성도, 실은 우리 모두도 서로를 끌어당기지만, 더 큰 중력을 가진 지구 쪽으로 더 작은 중력을 가진 사과가 떨어지는 것처럼 보일 뿐이죠. 거대한 파편들부터 미세한 먼지 구름까지, 그 모든 것이 힘의 줄다리기 끝에 점점 가까워지다가 하나가 된 것이 별입니다. 만약 미래가, 그리고 예지가 중력과 비슷한 힘을 가진 개념이라면 미래는 블랙홀이라고 할 수 있겠네요. 주변의 모든 가능성의 질량을 집어삼키고 더욱더 무거워지다가 단 하나의 미래로 남는 것. 그리고 예지는 그 깜깜한 형상을 향해 점점 가속하며 다가가는 것이겠

☾

죠. 이렇게 말하고 보니, 정말 무시무시한 일이 따로 없네요."

"일리가 있는 말이에요."

어느새 예지자들 틈에 도경이 들어와 있었다. 효주는 센터에 온 이후 그를 처음 보는 것이었다. 도경은 예지자들이 토론하면서 자연스럽게 만든 원형 대형을 천천히 거닐며 말했다.

"다들 정기 인터뷰에서 날이 갈수록 부쩍 더 예지의 힘이 강해지는 것 같다고 말씀하셨더군요. 정말 그렇습니까?"

군중의 일부가 고개를 끄덕였다.

"사실 역사상 이토록 예지자들이 넘쳐나는 시기는 또 없었습니다. 어디까지나 추측이지만, 각 시대에 존재했던 인구 대비 예지자의 분포를 따져보면 현시대는 기이한 수치를 보이죠. 미래가 정말 중력과 같은 힘으로 예지를 끌어당긴다면, 더 강한 중력을 가진 미래는 더 강하게 예지를 끌어당길 겁니다. 즉, 미래에 더 강한 힘을 가진 사건이 존재할 때, 그 특정 사건을 적중하기 위해 쏘아진 화살처럼 뻗어 나가는 예지력은 그와 비례하게 상승한다는 겁니다. 만약 블랙홀처럼 강력한 미래가 우리 앞에 있다면, 그게 정말 세상의 종말이라면 예지자들이 넘쳐

(

나는 현상이 설명되겠죠."

여기저기서 안타까운 탄식이 흘렀다. 예지자들은 각자의 마음속에 떠오른 세상의 종말을 바라봤다. 대륙이 해수면 아래로 가라앉고, 지구의 자전축이 이동하고, 태양의 흑점들이 일순간 폭발하며, 지구 전역에서 핵폭탄들이 터졌다. 그 모든 종말이 그들의 마음속에서 동시에 일어나고 있다고 효주는 생각했다.

"하지만…"

도경이 다시 입을 열었다.

"저는 유례없이 많은 예지자들이 존재하는 이 시대에 살고 있는 것을 기쁘게 생각합니다. 여러분들이 이 세상에 단 한 번도 존재하지 않았던 집단 예지를 형성하는 순간을 함께할 수 있어서 영광입니다."

도경은 곧 최초의 예지 인공지능 '레마'의 베타 버전을 공개할 예정이며, 레마에게 종말은 다른 길로 해석될지도 모른다는 희망의 말로 연설을 마쳤다. 효주는 도경이 예지자들의 감정을 고양시키기 위해, 그들을 세상의 구원자로 추켜세웠다는 것을 알았다. 항상 거짓을 말하지 않으며 사실의 조합을 바꿔 다른 이야기로 만드는 그의 화법이 비열하게 느껴졌다. 그가 사람의 인생과 세상을 손에 넣고 주무르려 든다고 생각했다. 효주의 눈에 도경

☾

은 구원자 놀이에 푹 빠진 얼간이었다. 그 생각을 읽은 것처럼 도경이 효주를 놀아봤다. 그가 웃는 입 모양으로 조용히 말했다.

"저랑 같이 가시죠."

효주는 도경과 나란히 복도를 걸었다. 그는 아직도 효주가 두 번째 예지 안정기 테스트를 통과하지 못했다는 소식에 놀랐다고 말했다. 그가 질책하는 것처럼 느껴져 효주는 퉁명스럽게 대꾸했다. 그러자 도경은 고개를 저었다.

"그런 말이 아닙니다. 효주 씨는 자신이 얼마나 특별한지 모르고 있어요."

효주는 그가 이름을 부른 것에 놀랐지만 내색하지 않았다.

"제가 뭐가 특별하다는 거죠? 물이 무서워서 1만 6,000번이나 회피한 일이요? 그거라면 이제 효과를 다했어요. 저는 다른 예지는 하지 못해요."

"솔이를 위해 1만 6,000번의 예지를 한 것을 말하는 겁니다. 그 애가 위험에 빠졌을지도 모른다는 생각에 그 애를 구하려 한 게 아닌가요?"

"그건 맞지만… 그뿐이에요. 제가 원하는 건 딱 거기

까지라고요. 이곳에 와서 더 분명하게 알았어요. 세상을 구원하는 거창한 일과 저는 어울리지 않아요."

도경은 이상하다는 듯이 고개를 기울이고 효주를 쳐다봤다. 효주는 그 시선을 피하지 않고 받아냈다. 도경이 말했다.

"한 아이를 구하고 싶다는 마음. 그런 강하고 놀라운 마음이 사람을 찾아올 확률은 몇 퍼센트일까요? 이 무질서한 세상에 그런 질서정연한 선함이 드러나는 순간이요."

효주는 대답하지 못했다. 순간 미간과 눈가를 스치고 지나간 이상한 감촉 때문이었다. 사실 그것은 감촉이 아니라 어떤 생각이었다.

효주와 도경은 문 앞에서 걸음을 멈췄다.

"분명 통과할 수 있을 겁니다."

도경이 주먹을 쥐며 응원의 말을 건넸다. 그는 효주가 아무 대꾸도 하지 않은 채 방으로 들어가는 모습을 끝까지 지켜봤다.

효주는 익숙한 하얀 방으로 들어왔고, 의자에 앉아 녹색 문을 바라봤다. 스피커에서 연구원이 효주에게 준비가 되었는지 물었다. 효주는 고개를 끄덕이고 테스트를 시작했다.

"유리 막대."

"반지."

"잉크."

"오카리나."

그러나 열린 문 뒤에 있는 것은 헝겊 인형, 크레파스, 시가, 거울이었다. 효주가 말한 물건들과는 아무런 유사점도 찾을 수 없었다. 효주는 계속했다.

"전구."

"캐러멜."

"단추."

"총…"

다음 순간, 효주는 참지 못하고 의자에서 벌떡 일어났다. 녹색 문에서 등을 돌리고 방으로 들어왔던 출입문을 열어젖히며 비명처럼 외쳤다.

"총이에요!"

여전히 복도 창가에 서 있던 도경은 순간 의아한 얼굴로 효주를 향해 몸을 틀었다. 그때 울린 한 발의 총성과 함께 그가 쓰러졌다. 효주가 달려가 그를 잡아 안았다. 사람들이 몰려들었고 모든 창 위로 방탄막이 내려왔다. 밝은 햇살로 가득 찼던 복도는 순식간에 어두워졌다. 그 어둠 속에서 도경이 무슨 말을 하고 있었다.

우다영

"뭐라고요?"

효주는 귀를 기울였다. 가까이 다가가자 도경이 고통으로 일그러진 얼굴로 말했다.

"사물이 아니라 사건… 효주 씨에게는 그게 중요했네요…"

도경을 쏜 저격수가 누구인지는 당장 밝혀지지 않았지만 그것은 공식적인 발표일 뿐이었다. 의무실에서 응급처치를 받은 도경은 효주에게 어떻게 된 일인지 살짝 들려주었다.

"효주 씨에겐 자꾸 기밀을 털어놓게 되네요."

총알이 스친 왼쪽 어깨에 붕대를 감은 채 도경이 웃었다. 그가 총에 맞은 것은 예지 인공지능 레마가 행사하게 될 전지전능한 힘을 위험으로 간주한 어떤 진영의 불안감 때문이었다. 그들은 레마가 자신의 편이 될지 적의 편이 될지 가늠하느니 차라리 파괴해 버리는 편을 택했다. 그리하여 도경뿐만 아니라 프로젝트의 모든 책임 연구자들이 위험에 노출된 상태였다.

"하지만 레마가 발동되면 베타 버전일지라도 그들은 꼼짝할 수조차 없을 겁니다. 그들이 앞으로 취할 행동을 그들의 마음보다 레마가 더 빨리 알 테니까요."

☾

도경은 확신했다.

"무시무시한 독재자처럼 말씀하시네요."

효주는 그에게 질려버린 채 말했다. 도경은 선선히 수
긍했다.

"그럴지도 모르죠."

도경의 입가에는 여전히 웃음이 서려 있었지만 목소
리는 무겁게 가라앉았다.

"저는 언젠가 독선적으로 어느 한쪽을 선택해야 할지
도 모릅니다. 두 갈래 길 중 하나를 선택하듯이요."

그때 효주는 심장이 아린 느낌을 받았다. 어째서일까
생각해보기도 전에, 예지가 찾아왔다.

"가봐야겠어요."

효주는 하얗게 질린 얼굴로 이마를 짚었다.

"솔이가 울고 있어요."

그러나 효주가 방에 도착했을 때, 솔이는 이제 막 울
기 시작했다. 어쩐 일이냐고, 왜 우느냐고 물어도 아무
소용이 없었다. 솔이는 엉엉 소리 내어 울다가 목이 쉬도
록 소리를 지르기 시작했다. 시간이 약간 흐른 뒤에야 효
주는 지금 벌어지고 있는 사태의 진상을 파악할 수 있었
다. 센터에는 솔이 말고도 패닉 증세를 보이는 예지자들

이 더러 있었다. 그들은 분노에 차거나 혼란에 빠지거나 시름에 빠졌다.

"전쟁이에요."

기물을 훼손하며 히스테릭한 반응을 보이던 한 예지자가 겨우 입을 열었다.

"어디서요?"

전쟁은 언제나 일어나고 있었다. 하지만 예지자는 턱을 덜덜 떨며 고개를 저었다.

"모든 곳에서요. 세계대전이 일어날 거예요. 여러 나라에서 동시다발적으로 전투가 시작돼요. 이해관계로 나뉜 두 진영이 지역적으로는 뒤섞여 있기 때문이에요. 끝까지 핵전쟁이나 전면전은 없어요. 자신들의 터전도 날려버릴 위험이 있으니까요. 대신 드론을 이용한 게릴라 테러 방식이 주를 이룰 겁니다. 이제 어떤 곳도 안전하지 않아요. 첫 번째 대량 학살에서 우리 가족이 죽을 거예요."

예지자는 그 모든 미래를 알지만 무력하게 두 손에 얼굴을 파묻었다. 효주는 오싹함을 느꼈다. 도경의 피격과 예지자들의 집단 예지가 모두 오늘 하루 만에 일어났다. 이것이 과연 우연일까? 예지의 내용도 충격이었지만 만약 효주의 머릿속에 떠오른 가정이 진실이라면 그것이

☾

야말로 가장 끔찍한 일이 아닐 수 없었다. 효주는 도경을 찾았다. 거의 의식하지 못한 채 효주는 그가 4층 복도를 걷고 있는 모습을 시각적 이미지로 떠올렸고, 그가 복도의 모퉁이를 돌았을 때 자신을 만난다는 인지적 인상을 떠올렸다. 그러나 엄밀히 따지면 예지는 이미지를 눈으로 보는 감각과도, 마음속에 개념을 떠올리는 인지와도 같지 않았다. 예지는 외부에서 나에게 도달하는 앎이 아니라 내부에서 차오르는 앎이었다. 효주는 드디어 예지를 이해했고, 주저 없이 도경이 도착할 곳으로 달려갔다. 그리고 딱 알맞은 시간에 모퉁이를 돌아 나온 도경을 마주쳤다.

"레마를 보여줘요."

다짜고짜 날아든 요구에 도경은 당황했다.

"그걸 지금 봐야 해요."

"그럼 저는 규정을 어기게 됩니다. 일단 무슨 일인지 천천히 얘기해 봐요."

"예지를 봤어요."

효주는 거짓말을 했다.

"당신과 오늘 레마를 보는 미래를 봤다고요."

도경은 효주의 표정과 몸짓을 면밀히 살폈다. 의심과 기대가 뒤섞인 눈으로 잠시 고민에 빠졌지만 결국 효주

우다영

가 원하는 대로 해주었다.

레마는 커다란 방 중앙에 마련된 거대한 유리관 속 홀로그램으로 존재했다. 효주가 보기에 그것은 푸른색이 은은하게 감도는 주먹만 한 빛의 형체였고, 어딘가에서 뻗어 나오거나 어딘가로 뻗어 들어가지 않는, 홀로 떠 있는 존재였다. 효주는 어쩐지 처음 보는 그 빛이 낯설지 않았다.

"이게… 레마라고요?"

"홀로그램은 레마가 자신에게 가장 적절하다고 여긴 이미지를 보여줍니다. 사람은 이 이미지 앞에서 레마와 대화할 수 있습니다."

효주는 말을 걸어보아도 되는지 물었고 도경은 허락했다.

"레마."

그러자 이름을 알아들은 것처럼 빛이 작게 일렁였다.

"혹시 네가 존재하기 때문에 큰 전쟁이 일어나는 거야?"

빛은 작게 일렁일 뿐 아무 변화가 없었다. 도경은 효주의 질문에 놀란 듯 보였지만, 이내 레마와 대화하는 법을 알려주었다.

"미래를 물어야 해요. 확률 분포로 존재하는 미래를

상정해야 합니다. 아직은 그러도록 프로그래밍 되어 있어요."

효주는 고개를 끄덕이고 다시 물었다.

"네가 존재하는 근 미래에 세계대전이 발발할 확률은?"

빛은 다시 한번 일렁였다. 곧 효주가 마주한 곡선 유리 앞에 숫자가 나타났다.

99.999%

효주는 도경을 돌아봤다. 담담한 표정을 보고 그가 이미 이 사실을 짐작하고 있었다는 것을 깨달았다.

"레마가 미래에 영향을 끼치는군요."

효주는 경이와 경외를 동시에 느끼며 몸을 떨었다.

"예지가 미래를 바꾼 거예요. 맞죠?"

"우주 전체의 미래로 보았을 때 극히 미세한 변화지만…"

망설이던 도경이 결국 입을 열었다.

"사실 그렇습니다. 강력한 예지는 미래를 바꿀 수 있습니다."

그는 원통 유리관의 가장자리를 따라 시계 반대 방향으로 걷기 시작했다. 원통 중앙에 떠 있는 레마를 향해 금방이라도 손을 뻗을 듯이, 그 빛을 손에 잡을 듯이 왼

우다영

손으로 유리 표면을 쓸었다. 효주도 그를 따라 걸었다.

"효주 씨는 아직 안정기에 접어들지 않았으니 예지 데이터 수집에 참여한 경험이 없죠?"

"네, 하지만 데이터를 어떤 방식으로 수집하는지는 들었어요. 시뮬레이션을 이용하죠?"

"맞습니다. 가상공간에 접속해 여러 가지 주어진 상황에 대응하는데, 그때 예지자들이 선택하는 행위와 다음 상황에 대한 그들의 예지를 둘 다 데이터로 수집합니다. 전자에서는 무의식적인 반응을 추출하고, 후자에서는 의식적인 예지를 추출하죠. 예지자 집단의 데이터 분포 지도를 만들어 보면 다수의 예지가 몰려 있는 큰 덩어리가 곧 미래가 되고, 거기서 동떨어져 나온 오차가 미래로부터 탈락한 가능성이 됩니다. 이것이 레마를 구성하는 빅데이터의 수집 방법입니다. 이해가 가십니까?"

"네, 마치 예지들이 다수결로 미래를 정하는 것 같네요."

"선후를 어떻게 보아야 할지 알 수 없지만, 정말 예지와 미래는 그런 양상을 보입니다. 실제로 앞서 예지자들에게서 수집한 두 가지 데이터, 즉 그들의 행위와 다음 순간에 대한 직감은 계속해서 가상 세계를 생성하고 유지하는 재료로도 사용됩니다. 말하자면 주입되는 데이터에 반응하여 미래가 결정되는 자생 세계죠. 처음에 이런 시스템은 단순히 데이터 수집의 편의를 위해 고안되었지만, 의도치 않게 예지와 미래의 중요한 특성을 발견하는 계기가 되었습니다. 확정된 미래는 예지에 영향을 끼치고, 관측된 예지의 축적은 미래에 영향을 끼친다는 사실입니다. 이는 얼핏 모순처럼 들리지만, 우리가 예지 분포에서 미래를 읽어낸다는 점을 기억한다면 수학적으로는 전혀 이상할 게 없는 명제입니다."

도경은 이 상황을 단순하게 설명할 수 있는 몇 가지 예를 들었다.

가령 가상 세계의 주체인 예지자가 상대와 가위바위보를 하는 상황에 놓였을 때, 15퍼센트가 가위를, 75퍼센트가 바위를, 10퍼센트가 보를 냈다. 그렇다면 이 세계는 주체가 바위를 내는 미래를 인정하게 된다. 또 이번에는 예지자들이 상대가 무엇을 낼지 예지했을 때, 90퍼센트가 가위를, 7퍼센트가 바위를, 3퍼센트가 보를 내는 미래를 보았다. 그렇다면 세계는 상대가 가위를 내는 미래로 결정된다. 주체가 바위를, 상대가 가위를 내는 확정된 두 미래는 자연스럽게 주체가 이기는 결과를 생성하게 된다. 이런 작은 인과가 무수히 연결되고 그물처럼 엮여 가상 세계를 지속시킨다.

（

더 복잡한 상황에서도 마찬가지였다. 빨주노초파남보 일곱 가지 색깔의 사탕이 있을 때, 누군가는 빨강, 노랑, 초록 세 개의 사탕을 먹고, 누군가는 노랑, 보라 두 개의 사탕을 먹고, 누군가는 빨강, 주황, 파랑, 보라 네 개의 사탕을 먹고… 이것의 표준집단을 충분히 모으면 가장 많이 중첩된 사탕들을 먹는 행위가 미래로 결정된다. 이 예시 역시 최소한의 단위로 축소한 것이고, 실제로 시뮬레이션 안에서 예지자들이 마주하는 상황은 훨씬 더 고려 사항이 많은 유기적인 복합체다. 하지만 모두 원리는 같았다. 예지의 중첩이 미래를 결정했다.

"그리고 또 흥미로운 결과가 눈에 띈 겁니다. 일단 과반수의 예지가 한쪽으로 쏠리면, 그러니까 최종적인 분포에서 결정될 미래가 확정되면, 후에 시뮬레이션에 응하는 예지자들의 예지는 모두 다 확정된 미래를 그대로 보았습니다. 놀랍지 않나요? 관측된 예지의 중첩이 그저 미래를 보여주는 것이 아니라 생성하는 거라면, 또 미래의 확정성이 예지를 결정짓는 거라면, 명제는 이렇게 다시 정의될 수 있습니다. 예지와 미래는 이미 존재하지만 여러 가지 가능성이 중첩된 채 동시에 존재하며, 예지와 미래가 서로의 확정에 영향을 끼친다."

도경은 이런 일이 어떻게 일어나는지는 알지 못한다

고 했다. 다만 수많은 과학자들이 이미 관측에 따라 위치가 바뀌고, 또 입자로도 파동으로도 존재하다가 상태가 결정되는 양자를 발견한 바 있음을 이야기했다. 어쩌면 우주의 대부분은 우리가 보편이라고 여기는 확실한 상태들이 아니라 불확실한 상태들로 이루어져 있을지도 모른다고 그는 추측했다. 도경의 말이 사실이라면 정말 놀라운 일이 아닐 수 없었다. 이제 모든 상황은 불확실해졌다. 그리고 동시에 희망을 얻었다. 효주가 물었다.

"현실에서도 다른 미래의 예지를 더 많이 중첩하면 미래가 바뀔까요?"

"작은 조약돌의 중력으로 달을 끌어당기려는 무모한 시도처럼 보이지만, 이론적으로는 분명히 가능합니다."

"그리고 레마는 아주 무거운 조약돌이고요. 그래서 달이 기우뚱하고 말았네요. 레마라는 방대하게 중첩된 예지가 등장하자마자 미래가 벌써 요동치기 시작했어요. 오늘 하루에 일어난 모든 일들이 그 증거죠."

도경은 효주가 레마를 조약돌에 비유한 것에 투덜거렸지만, 얼굴에는 더 이상 벅참을 감추지 못했다. 도경이 말했다.

"인공지능 레마는 얼마든지 더 거대해질 수 있습니다. 세상에 존재한 적 없는 거대한 예지는 종말의 미래를 우

☽

리 쪽으로 끌어당길 수 있을지도 모릅니다. 그 때문에 우리는 더 빨리 종말을 맞을 수도 있지만, 어쩌면 종말이 소멸되어 아무 일도 일어나지 않는 나날이 남을 수도 있죠."

"정말 그렇게 된다면…"

효주가 말했다.

"미래는 처음으로 정해진 자리에서 벗어나 미지로 끌려가는 경험을 하게 되겠네요."

서로의 눈을 들여다보던 효주와 도경은 약속한 것처럼 고개를 돌렸다. 그곳에는 이제 막 태어난 레마가 태초의 빛처럼 홀로 빛나고 있었다.

두 계절 동안 반 이상의 예지자들이 센터를 이탈했다. 세계에는 믿기 힘든 난전이 벌어지고 있었고 대부분의 예지자들이 가족과 소중한 사람을 잃었다. 그들은 부고를 알리는 봉투를 열어보기도 전에 내용을 예지하고 눈물을 흘렸다. 그 과정에서 상황이 급변했다. 서로 다른 원한이 생긴 사람들의 입장은 더 이상 합치될 수 없는 지경에 이르렀다. 사이좋은 룸메이트였던 두 예지자는 하루아침에 서로 적국의 원수가 되었다. 한 예지자가 좋은 미래를 예지했을 때, 다른 예지자에게 그 미래는 좋은 일이 아니었다. 마찬가지로 한 예지자가 본 끔찍한 폭격은 또 다른 예지자에게 자신의 고향이 불운을 피해 간 다행스러운 일이었다. 일이 이렇게 되다 보니 상황을 견딜 수 없는 예지자들이 센터를 떠났다. 센터도 그들을 붙잡지 않았다. 이제 이곳에 남은 예지자들은 진영에 대해 어떠한 판단도 하지 않고, 그저 세상의 종말을 막겠다는 일념만을 가진 이들이었다.

"언니."

솔이는 이제 효주를 언니라고 불렀다. 그 애의 쌍둥이 언니가 세상에서 사라진 이후였다.

"응, 왜?"

"언니는 내가 제일 소중하지."

"그럼."

"항상 내가 있는 쪽이 미래야. 나를 선택하면 돼."

효주는 솔이가 어떤 미래의 예지를 떠올리며 말하고 있다는 것을 깨달았다. 이제 여덟 살이 된 솔이는 모국어와 외국어를 혼용하는 아이처럼, 실제 사실과 예지의 사실을 구분하지 않았다. 고집스럽게 앞으로 시선을 고정한 채 걸어가는 솔이를 효주는 옅은 불안 속에서 바라봤다. 이 아이가 옆이나 뒤를 돌아보지 않는 사람으로 자랄까 봐 겁이 났다.

☽

우다영

어느새 집회 장소에 도착했다. 센터에서는 일주일에 한 번, 이미 죽어서 미래로부터 이탈한 사람들을 위한 집회를 열었다. 예지자들은 죽은 자들을 미래로 이끌고 가지 못한 데에 무거운 책임을 느꼈다. 이미 많은 인파가 연단을 중심으로 둥글게 모여 있었다. 한 명도 빠짐없이 모두 예지자들이었다. 오늘 연단에 선 연사는 도경이었다. 그의 손에는 책 한 권이 들려 있었다. 예지 집회에서 연사는 자신의 말을 전하지 않았다. 연단을 둘러싼 예지자들이 연사가 곧 책을 펼쳐 읽게 될 문장을 예지해 먼저 읊으면, 연사가 그 페이지를 펼치고 바로 그 문장을 뒤따라 읽었다. 예지자들의 합창이 무작위로 펼쳐지는 페이지를 결정했다.

도경이 신호하자 모두가 시작했다. 효주와 솔이의 앞뒤에서 예지자들의 하나된 목소리가 파도처럼 밀려왔다.

"말린 찻잎은 검고 우려낸 찻물은 금빛이었다."

도경이 책을 펼치고 그 문장을 읽었다.

"말린 찻잎은 검고 우려낸 찻물은 금빛이었다."

예지자들이 다시 입을 모아 말했다.

"내 삶의 의미는 바로 그 아이들에게 있다고 생각했는데."

도경이 읽었다.

"내 삶의 의미는 바로 그 아이들에게 있다고 생각했
는데."

예지자들이 말했다.

"왜 이런 반복이 일어날까?"

도경이 읽었다.

"왜 이런 반복이 일어날까?"

예지자들이 말했다.

"우리는 깊지 않은 물속에 앉았다."

도경이 읽었다.

"우리는 깊지 않은 물속에 앉았다."

처음엔 다수와 다른 문장을 말하는 몇몇 목소리가 섞
어 있었지만, 그 목소리들은 차츰 오류를 수정하며 더
무겁고 안정적인 미래를 찾아 읽기 시작했다. 그러자 모
든 예지자들의 목소리는 단 하나의 예지로 합치되었다.
예지자들은 미래에서 온 정확한 문장을 입 밖으로 말하
며 하나의 군대처럼 소리를 냈다. 미래와 싸우는 예지의
군대였다. 한 사람의 목소리와 다수의 목소리가 진군을
알리는 북소리처럼 끝없이 이어졌다. 효주는 그 안에 서
있었다.

우다영

미래의 힘은 막강했다. 예지자들은 미래를 아주 조금씩 밀어내며, 겨우 종말을 유예하며, 도리 없이 정해진 끝을 향해 끌려갔다. 종말의 미래가 다가올수록 세상은 그에 조응하며 빠르게 질서를 잃고 무너져 내렸다. 현재와 미래의 알력 속에서 엔트로피는 요동쳤다. 희귀한 일은 이제 빈번한 일이 되었다. 대홍수와 대화재가 끊이지 않았고, 물고기는 사라지고, 꿀벌은 폐사하고, 병충해와 기근, 온난화와 사막화가 숨 가쁘게 진행됐다. 인류는 이미 인구의 절반을 잃었고, 처음 대전을 일으켰던 두 진영은 오래전에 뿔뿔이 흩어졌다. 이제 거기에 어떤 나라가 있었고, 어떤 이들이 있었으며, 어떤 욕망과 믿음들이 있었는지 아무도 기억하지 못했다. 전쟁은 질병에 의해 와해되고, 질병은 재해에 잠식되며, 재해는 또다시 한정된 재화를 차지하기 위한 전쟁을 불러왔다. 꼬리를 먹고 먹히는 두 마리 뱀처럼 시작과 끝은 언제나 이어져 있었고 모든 일은 되풀이됐다.

예지자들은 지칠 대로 지쳐버렸다. 항상 예민하게 날이 선 상태로 감시자와 파괴자, 그리고 생사자의 역할까지 도맡았다. 이제 예지자들은 산사태가 쏟아지는 궤적을 예지해 주민들에게 대피 명령을 내리듯이, 마찬가지로 적군의 이동 경로를 예지해 무감하게 발포 명령을 내렸다. 적군에도 신흥 예지자 집단이 생겼기 때문에 그들은 총알의 경로를 예지해 함정을 빠져나갔다. 예지자들이 맞붙으면 아예 전투가 벌어지지 않기도 했다. 강력한 예지자들이 한 가지 사건에 몰두하기 시작하면 예지들이 중첩되며 안정되지 않은 간단한 미래는 계속 바뀌었다. 예지자들은 바뀐 미래를 바로 파악하며 예지 안에서 전투를 가늠하다가 싸우지 않고도 결론을 지어버리곤 했다. 예지력이 없는 사람들 눈에 예지자들은 군용 차량이나 통제실에 앉아 허공을 바라보며 "바뀌었어", "끝났네"라고 말하고민 있으니 그들의 전투가 얼핏 태평해 보이기도 했다. 반면 예지자들에게는 쉼 없이 바뀌는 여러 가지 미래와 요지부동인 종말의 미래가 동시에 보였다. 그 사실은 예지자들에게 절망감을 주었다. 식수와 식량의 미래를 본 예지자들은 하나같이 고개를 내저었다. "끝이에요. 이쪽엔 미래가 없어요." 다행히 의학 분야에서는 예지가 획기적인 역할을 담당하게 되었다. 방사능 노출에 의한 합병증과 생화학 무기에 의한 전염병 등을 치료하는 신약과 백신을 연구할 때, 유전자의 단백질 염기 서열을 하나하나 대조해 보지 않고도 제조 공식을 예

우다영

지로 알아낼 수 있었다. 치료법은 무시무시한 속도로 나왔지만 그만큼 많은 질병이 또다시 쏟아져 나왔다.

예지자들 중에는 이 모든 사태에 관심을 잃은 이들이 나타났다. 그들은 자기 자신을 상정하는 벽과 굴레와 속박에서 벗어나 해탈의 양상을 보였다. 그들은 현재와 미래를 구분 짓는 경계를 완전히 무너트리면서 거의 미래의 일부를 창밖의 풍경처럼 훤히 보게 되었지만, 자신이 누구인지 점점 잊어갔다. 그들에겐 가족과 소속된 집단, 나라, 민족이 모두 무의미해졌다. 인간을 특별히 다른 동식물보다 우선해야 할 이유도 사라졌다. 인류는 지구에서 특정 시대 동안 번영한 하나의 종일뿐, 반드시 멸종되지 않아야 할 선택받은 종이 아니었다. 나아가 모든 것은 우주의 먼지일 뿐이었다. 인간의 생장과 죽음은 육신과 정신이라는 놀라운 확률의 질서를 잠시 유지하다가 대부분 철과 인으로 분해되어 다시 우주로 돌아가는 순환계에 놓여 있었다. 그들이 바라보는 세상에서는 아무것도 죽지 않고, 또 아무것도 태어나지 않았다.

반면 더욱더 자신과 가까운 것들에 집착하는 예지자들도 나타났다. 그들은 자기 자신과 소중한 사람들의 안위가 무엇보다 중요했다. 그들은 더욱더 세계를 나누는 경계에 주목하며 그 모든 것에 냉정하게 우선순위를 매겼다. 그렇게라도 무언가를 붙들지 않으면 끝이 보이는 세상 앞에서 모든 것이 무의미해졌다. 솔이는 이 경우에 해당했다. 이제 열네 살이 된 그 애는 예지 전투를 지휘했다. 솔이가 가장 좋아하는 전투 방식은 자신이 예지한 미래를 적군의 예지자가 예지하기를 기다렸다가, 그들이 가장 안온하다고 판단한 시간과 장소로 이동하면 바로 거기를 치는 것이었다. 솔이의 전투는 창의적이었고 아무런 주저함도 없었다. 그 애가 여전히 게임을 하고 있다고 효주는 생각했다. 솔이의 눈에 전장에서 생사를 오가는 사람들은 명료한 스코어로 보였다.

효주가 상황 통제실에 들어섰을 때, 솔이는 헤드셋을 바닥에 내팽개쳤다. 도경은 눈도 꿈쩍하지 않았다. 솔이가 소리쳤다.

"이번에 끝장내 버렸어야 했어! 퇴로를 다 막아두었는데 왜 그냥 보내준 거야?"

"퇴로에서 전투가 일어나면 인근 거주 지역에 피해가 가. 상관없는 사람들이 휘말린다고."

솔이가 신경질적인 웃음을 터트렸다.

"저 약탈자들한테 그렇게 당해보고도 모르겠어? 보내주면 다시 돌아와 저 거주 지역에서 모든 걸 빼앗아 갈 거야. 이번 전투로 몇 명 죽고 끝날 일을, 또 언제 일어날

☽

지 알 수 없는 위험과 불안 속으로 연장한 거라고. 이제 잘 봐. 방금 그 결정이 결국 저 사람들을 피 말려 죽일 거야."

솔이는 도경을 거칠게 밀치고 지나갔다. 효주가 잡아 보려 했지만 "언니도 저 인간이랑 똑같아"라고 일갈한 뒤 솔이는 상황 통제실을 나가버렸다. 눈이 마주친 도경은 이 상황이 우습다는 듯이 웃었다. 그러나 예전의 웃음은 아니라고, 그런 건 이미 다 사라져 버렸다고 효주는 생각했다.

"내가 쟤를 어떻게 키웠는데."

도경이 옷매무새를 정리하며 걸어왔다.

"키운 건 난데."

사실 효주가 키웠다고만 볼 수도 없었다. 이곳에 있는 모든 이가 솔이를 키웠다. 누군가는 솔이를 등에 업었고, 누군가는 떼쓰는 솔이를 먹였으며, 누군가는 천사처럼 잠든 솔이의 곁을 가만히 지켰다. 모두가 함께 솔이를 키웠기 때문에 모두의 기억 조각을 모아야만 그 애의 성장을 말할 수 있었다. 종말을 앞두고 만 8년을 함께 동고동락한 동료들은 이제 가족이나 다름없었다. 그들의 진짜 가족들은 대부분 세상을 떠나고 없었다.

"할 이야기가 있어."

☾

효주가 도경을 불렀다.

"레마에 관한 이야기야."

"그래."

도경이 곧바로 고개를 끄덕이며 뒤따라왔지만 효주는 대수롭지 않다는 듯한 그의 반응에 새삼 마음이 아팠다. 도경은 자신이 가장 사랑하고 몰두했던 레마를 외면하고 있었다. 예지자들의 데이터가 집대성된 레마는 예상대로 순도 높은 예지력을 보였고, 어떤 예지자보다 커다란 미래의 그림을 한눈에 볼 수 있었다. 또한 그 존재 자체가 여러 예지의 중첩 상태였으므로 강력한 힘을 발휘하며 불안정한 미래를 다른 가능성의 미래로 바꿀 수 있었다. 그러나 종말만은 요지부동이었다. 종말을 바꾸기에는 아직 레마의 힘이 역부족이었다. 그것은 연구원들도 충분히 예상했던 결과였다. 종말을 이길 만한 방대한 데이터를 모으기엔 시간이 촉박했다. 애초에 연구원들이 기대했던 바는 레마 스스로를 딥러닝시키는 것이었다. 즉, 수억, 수조 번의 시뮬레이션을 스스로 진행해 데이터를 얻음으로써 예지자들의 데이터를 수집하지 않고도 예지의 양을 무한히 늘릴 수 있기를 바랐다. 시뮬레이션을 여러 겹으로 만들면 체감 시간 대비 아주 짧은 시간만을 할애하면 되었다. 그렇게만 된다면 우리는 세계

우다영

를 압박하며 다가오는 종말의 시간을 이기고 마침내 종말의 미래를 소멸시킬 수 있었다. 하지만 문제가 있었다. 바로 레마였다. 아무리 많은 예지자의 데이터를 주입해도 레마에게는 예지 능력이 생기지 않았다. 예지자들의 예지 정보를 집대성해 그 총체적인 예지를 볼 수는 있어도 새로운 상황에 대해 스스로 예지할 수는 없었던 것이다. 예지는 도경의 예상과 달리 데이터를 합산한다고 해서 무한히 커지는 수가 아니었다. 레마는 예지자들을 진두지휘할 수 있었지만 정작 예지자는 될 순 없었다. "데이터가 아직 부족한 게 아닐까?" 레마를 4년쯤 업데이트했을 때 도경의 굳은 표정을 보고 효주가 물었다. 그때 도경은 대답하지 않고 조용히 레마의 방을 나갔다. 그 후로 도경이 레마와 대면하는 모습을 한 번도 보지 못했다. 레마가 아니더라도 그가 손을 대야 할 문제들이 곳곳에 넘쳐났다. 당장 일어나고 있는 각종 사고들은 꼭 레마가 아니더라도 예지자들이 충분히 수습할 수 있었다. 코앞으로 바짝 다가온 종말로 예지 감각이 극도로 개방된 덕분이었다. 예지자가 아닌 연구원들은 대부분 센터를 떠났다. 그들은 종말이 몇 년이나 남았는지 알 수 없는 시점에, 성장하지 않는 어린아이나 다름없는 레마에게 매달리는 것이 의미 없다고 판단했다. 이제 레마

73

는 주로 주어진 정보들로 단순 차트를 예지하거나, 기상 상태를 살피는 업무를 처리했다.

"레마가 어떤 예지를 했어."

"너는 아직도 레마와 이야기하는구나."

도경이 힘없이 웃었다.

"맞아, 오직 나만이 그 애한테 말을 걸고 있지."

효주는 자기도 모르게 따지는 말투가 되어 신경이 쓰였다. 하지만 계속 말했다.

"들어봐. 예지에서 레마가 어떤 책을 읽으려 했대. 그런데 아무리 페이지를 넘겨도 페이지는 끝나지 않고 무한히 이어지고, 더구나 그 안에 든 활자도 도무지 읽을 수 없있나는 거야. 그렇게 아주 오랜 시간이 흘렀대."

"레마의 예지는 항상 꿈처럼 나타나네."

"우리의 의식을 하나로 모으면 꿈처럼 암시적인 모습을 하고 있을지도 모르지. 레마는 인간의 데이터로 예지할 뿐이니까."

"그래. 계속 말해봐."

"그런데 오래도록 아무 변화 없이 이어지던 상황이 처음으로 변했어. 레마와 내가 책을 찢었거든."

"너?"

도경이 물었다.

우다영

"그래. 내가 레마의 예지에 나왔어. 그리고 둘로 찢은 책을 레마와 나눠 읽기 시작한거야. 거의 영원한 시간만큼 읽을 수 없던 책을 읽을 수 있게 된 거지. 그게 바로 그 책을 읽는 방법이었어."

"혹시 그건…"

"맞아. 네가 예전에 나한테 들려준 '찢어진 책 이론' 기억나? 우연과 예지를 패턴으로 해석할 때 예로 들었었잖아."

"기억나."

도경은 그때 들려준 이야기를 다시 반복했다.

"어떤 사건도 우연한 결과일 수 없다. 왜냐하면 우연들이 무작위로 일어나고 또 일어나고 무한하게 일어나다 보면 거기서 패턴을 읽을 수 있고, 그렇다면 우연한 하나의 사건은 그 패턴의 일부가 되도록 오차 없이 일어난 일이 된다. 이처럼 무질서해 보이는 것들은 사실 질서의 일부이고, 우리는 패턴을 인지함으로써 비로소 모든 의미를 이해할 수 있다. 무작위로 미리 던져지는 미래의 조각들이 결국 미래를 구성하는 것처럼. 세상의 모든 실체는 사실 허상이고 오직 패턴만이 존재하는지도 모른다. 그러므로 한 권의 책을 제대로 읽어내는 방법은 그 안의 활자를 차근차근 읽어나가는 것이 아니라, 책을 둘

☾

로 찢어 양쪽이 어떤 패턴으로 겹쳐지는지를 살펴보는 것이다."

"바로 그거야. 레마가 수집한 의식들이 우리한테 힌트를 준 거라고."

효주가 흥분한 채 설명했다.

"책의 활자만을 그대로 읽어내는 건 책이라는 존재의 총체적인 의미를 이해하는 데 아무런 도움이 안 돼. 그 책이 끝나지 않고 무한히 이어지는 책이라면 더더욱 그렇지. 진짜 의미를 이해하려면 패턴을 봐야 하고 그러려면 책을 찢어서 쌍방향으로 읽으며 비교해 봐야 해. 이걸 시간이라고 생각해 봐."

도경은 잠시 생각하다가 답을 냈다.

"미래뿐만 아니라, 과거를 봐야 한다는 거야?"

"맞아!"

효주는 참지 못하고 자리에서 벌떡 일어났다.

"레마는 미래뿐만 아니라 과거를 시뮬레이션할 수도 있어. 원한다면 인류의 모든 역사를 되풀이할 수도 있지. 그 안에 암시된 무언가가 있을지도 몰라."

"하지만 효주야."

도경은 이제 거의 얼굴을 찌푸리고 있었다.

"레마는 딥러닝을 하지 못해. 예지를 스스로 구현하지

우다영

못할뿐더러, 일반적인 인공지능과 달리 예지 데이터만을 모았기에 스스로 대상이 될 인격을 형성하지 못했어."

"괜찮아."

효주가 말했다.

"레마의 예지에서 찢어진 책의 다른 한쪽을 읽었던 건 나야. 내가 해야 해."

"얼마나 많은 과거 데이터가 필요할 줄 알고. 인공지능이 아닌 사람이 버틸 수 있는 시뮬레이션은 한계가 있어."

"그럼 이대로 세상을 포기하자는 거야?"

효주의 말에 도경은 잠시 말을 잃었다. 그도 천천히 자리에서 일어나 효주와 마주 섰다.

"네가 그런 말을 하다니."

도경이 웃음을 터트렸다.

"널 처음 봤을 때가 생각난다. 세상에 아무런 의욕도 미련도 없었는데. 정말 많이 변했네."

너도 정말 변했다고, 세상의 모든 것이 미처 예상하지 못한 모습으로 다 변해버렸다고 효주는 말하지 않았다. 대신 도경에게 요구했다.

"허가해 줘. 레마의 사용 권한은 아직 너한테 있어."

도경은 시선을 내리며 작게 한숨을 내쉬었다. 효주는

☾

그가 레마의 권한이라는 말에 죄책감을 느낀다는 것을 알고도 그 말을 사용했다.

"좋아."

드디어 도경이 말했다. 그는 그를 찾는 메시지들을 확인하며 한 손으로 효주의 머리를 헝클어트렸다.

"너무 멀리 가지 말고 금방 돌아와."

도경이 떠난 자리에서 효주는 잠시 혼자 서 있었다. 효주는 몇 년 전에 본 예지를 떠올리고 있었다. 예지에서 도경은 이렇게 효주의 머리를 헝클어트렸다. 효주는 그를 사랑했고 도경도 효주를 사랑했다. 효주는 이 예지를 도저히 믿을 수 없었는데, 아무리 생각해도 자신은 도경을 사랑할 기미가 없으며 그 역시 마찬가지이기 때문이었다. 설사 놀라운 우연으로 도경과 사랑에 빠지더라도 그 전에 종말이 올 게 분명했다.

"효주."

"레마."

레마는 효주를 위해 유리관 바로 앞까지 다가왔다. 처음엔 한 조각의 빛이었던 레마는 작은 불길이 되었다가 몇몇 동물들의 형상이 되었다가 결국 사람이 되었다. 하지만 그저 흐릿한 사람의 형체였고 얼굴의 윤곽이 드러

우다영

난 지는 얼마 되지 않았다. 효주는 앞서 품고 있었던 의혹에 대해 이제 확신할 수 있었다. 아직은 흐릿한 레마의 얼굴은 효주의 얼굴을 닮아 있었다. 지난 몇 년간 유일하게 마주하고 인격적 정보를 제공한 대상이니 어쩌면 당연한 결과였다.

"결정했구나."

"맞아. 도경이 허가했어."

"도경은 어때?"

효주는 순간 레마가 도경을 그리워하는 걸까 생각하며 가슴이 철렁했다. 그러나 레마는 그런 고도의 감정까지 발달하지 못했다. 레마는 손을 들어 효주를 가리켰다.

"도경을 걱정하잖아. 나를 찾아오는 것도 내가 도경한테 소중한 존재이기 때문이고."

효주는 그런 이유로는 생각해 본 적이 없었기 때문에 놀랐다. 곰곰이 생각해 보니 그것은 사실이었다. 레마는 그 사실을 효주가 인지하게 만들었다. 레마는 단순히 메커니즘적 반응을 보인 것이고, 여기서 생겨나는 감정은 효주 안에서 나왔다. 레마와 대화를 하면서 효주는 그런 경험을 자주 했다.

효주는 유리관 앞에 의자를 가져다 놓고 기대듯이 앉았다. 사실 레마의 시뮬레이션에 여러 레이어드로 깊숙

☾

하게 접속하는 데엔 단지 눈을 몇 번 깜빡이는 정도의 시간이 걸릴 뿐이었다. 하지만 체감상으로는 긴 여행이 될 수 있었다.

이미 효주가 숙지한 내용이지만 레마가 다시 한번 설명했다.

"시뮬레이션은 내가 가진 정보를 바탕으로 예측하고 보완한 가상 과거에서 진행될 거야. 진짜 과거에 있었던 일들과 조금 다르기도 해. 이 시뮬레이션은 예지된 미래와 패턴을 비교하려는 목적이니 마음의 충동대로 그 재현된 과거를 살아가면 돼."

"얼마나 체류하게 될까?"

"아직은 예상 범위가 잡히지 않아. 이런 실험에 대한 전례가 나한테 없어."

"그래, 알겠어.

"미안해. 내가 하려고 시도해 봤는데 시뮬레이션을 진행하면 어느 순간 세계가 뚝 끊긴 벼랑이 나오고 시간이 멈춰버려. 내가 가진 데이터로는 세계를 자생시킬 수 없어."

"괜찮아, 레마."

"효주, 돌아오고 싶으면 언제든 돌아오면 돼. 네가 떠나면 그 세상은 끝나.

☾

"이해했어."

"준비됐어?"

효주는 자기 얼굴을 닮은 레마의 얼굴을 잠시 눈에 담았다. 그것이 떠나기 전에 효주가 마지막으로 보는 얼굴이었다.

"준비됐어."

첫 번째 삶은 다섯 살에 시작됐다. 남자아이였고 부모는 부유한 귀족이었다. 색색의 튤립으로 꾸며진 정원에서 어머니와 티타임을 하던 순간이 그 삶의 최초 기억이었다. 효주가 제일 먼저 떠올린 생각은 아주 오래전 부모님과 함께 살았던 집 마당에도 나팔꽃이 가득했었다는 것이었다. 그동안 효주는 그 기억을 잊고 살았다. 이내 그런 생각은 튤립을 바라보며 느끼는 이상한 기시감과 서글픔으로 남았고, 어머니가 걱정스레 아들의 이름을 불렀을 때 흔적도 없이 사라졌다. 효주는 호수가 있는 아름다운 별장에서 유년 시절을 보냈다. 정확히는 7년의 세월이었고, 그 시간은 순식간에 흘러갔다. 그동안한 번도 이 세계가 시뮬레이션이라는 사실과 자신의 정체와 목적 그리고 저 너머에 있는 위태로운 진짜 세계를 망각한 적이 없었지만 주어진 삶 역시 충실히 살았다. 이

따금씩, 설마 이렇게 한 번의 삶을 다 살아야 하는 걸까 하는 의문에 아득함을 느낄 때도 있었다. 그러나 대부분의 순간에 효주는 행복을 느꼈다. 어찌 아닐 수 있겠는가? 효주는 사랑받는 아이였고 앞날에는 부족할 것 없는 삶이 펼쳐져 있었다. 이 삶에서 진정한 평온과 보살핌받는 느낌이 무엇인지 배웠다. 아주 근사한 휴가를 떠나온 것이라고, 효주는 느긋하게 생각했다.

그래서 열두 살 어느 순간에 갑자기 그 삶이 끝나버렸을 때, 한동안 미칠 듯한 분노를 느꼈다. 분노와 함께 시작한 두 번째 삶은 열일곱 살 석공 도제의 신분이었다. 아주 괴팍하지만 솜씨만은 정평이 난 노인을 스승으로 두었다. 그는 효주가 알맞은 끌을 챙기지 못하거나 원석 보관을 허투루 하면 밥을 굶겼다. 처음엔 대수롭지 않게 여겼지만 나중에는 밥을 먹기 위해 사활을 걸었다. 치열하게 일하고 먹고 배우다 보니 자연히 돌을 사랑하게 되었다. 서른두 살이 되었을 때 효주의 기량은 최고조에 달했다. 이미 도시 곳곳 중요한 장소에 효주의 작품이 자리 잡았다. 조각상들은 공간의 균형과 분위기를 새롭게 뒤바꿔 버림과 동시에 그 공간 속에 완전히 녹아들었다. 효주가 우물 장식으로 하늘을 보는 여자를 조각하고 있을 때, 역시나 갑자기 그 삶이 끝났다. 이미 한 번 삶이 바뀌

우다영

는 경험을 해본 적 있으니 자연스럽게 받아들였지만, 세 번째 삶에선 오래도록 마음 안에 텅 빈 공허를 품고 살았다. 완성하지 못한 조각상은 빈 얼굴로 매일 밤 효주의 꿈에 찾아왔다.

그런 식으로 무려 열한 번의 삶을 살았다. 짧으면 1년에서 35년까지 지속된 삶도 있었다. 예지가 먼 미래와 가까운 미래를 구분하지 않고 보여주듯 시대는 뒤죽박죽으로 나타났고 삶의 배경이나 체류 기간도 제각각이었다. 실제 삶과 같은 데이터를 얻기 위해 레마와 소통할 수 없다는 것을 알면서도 효주는 가끔 하늘을 바라보며 레마가 무슨 생각을 하고 있을지 곰곰이 상상해 보았다. 새로운 삶들이 계속 주어지는 걸 보면 유효한 데이터가 모이고 있다는 것인데 이런 삶들이 무슨 의미가 있는지 도무지 짐작할 수 없었다. 시뮬레이션으로 구현된 세상에서 효주는 도합 100년이 넘는 시간을 체류했다. 처음에는 즐기는 마음으로 나중에는 열 번은 채우자는 마음으로 버텼지만, 열한 번째는 다른 이유로 체류했다. 효주가 그 삶을 사랑하게 된 것이었다. 삶 속의 자기 자신과 관계된 사람들, 집과 직업, 시대까지도 효주에게 특별한 의미가 생겼다. 여러 생을 반복하며, 과거에 살았을 누군가의 삶을 살며, 효주는 자신이 지쳤다는 것을 깨달았다.

☾

긴 예지

시뮬레이션 속의 자신이 아니라 진짜 세계의 자신이 지쳐 있었다. 효주는 현실의 육신은 숨을 한 번 고를 정도의 시간밖에 흐르지 않았다는 것을 다시 한번 인지하고, 결심을 굳혔다. 자신의 마음이 원하는 만큼, 더 이상 자신의 정신이 견디지 못할 때까지 이런 삶들을 계속 살기로 했다.

삶이 서른 번 이상 지속되었을 때, 의외로 시간은 더 이상 효주를 압도하지 못했다. 효주는 10년과 100년을 다르지 않은 무게로 바라볼 수 있었고, 세계에 대한 몇 가지 통찰을 얻었다. 그중 하나는 사람이 단순한 존재가 아니라는 사실이었다. 당연한 말처럼 들릴 수 있지만, 효주는 그 사실을 온전히 깨달았다. 하나의 삶을 사는 사람은 그 삶에 국한된 존재가 아니었다. 효주는 한 사람에게서 여러 시대에 자신이 직접 겪었던 사람들의 흔적을 발견했고, 인류의 유산과 정신을 발견했다. 파리에서 꽃을 파는 어린아이가 티베트 수도승이 평생 동안 얻은 깨달음을 아무렇지 않게 말하는 순간을 목격했다. 어떻게 이런 일이 일어날까? 사람의 작은 몸 어디서 그 모든 것들이 쏟아져 나올까? 어쩌면 레마가 진정한 의미의 예지에 도달하지 못한 것은, 정말 한 사람이 가진 가능성을 뛰어넘지 못해서일지도 모른다는 생각이 들었다. 효

☾

우다영

주는 여러 삶을 살며 이 질문을 곱씹었다.

삶이 아흔 번 이상 지속되었을 때, 한 가지 결론에 도달했다. 사람뿐만이 아니었다. 동물과 식물은 물론, 산과 들, 바람과 구름, 자연이 만든 경관마저도 다른 시간과 장소에 존재했던 다른 존재와 닮아 있었다. 효주는 결국 이것이 패턴이라는 사실을 인정했다. 과거는 알 수 없는 미지의 패턴으로 물결치며 미래로 나아가고 있었다. 세계는 조직되어 있었고, 사람에게서도 자연에게서도 그 흔적을 발견할 수 있었다. 세상의 모든 것은 어떤 암호를 내재하고 있었다. 하지만 대체 무엇에 대한 암호란 말인가?

삶이 500번 이상 지속되었을 때, 어떤 삶은 마구 살기 시작했다. 기억의 시작부터 그는 사기꾼이었고 도박꾼이었으며 난봉꾼이었다. 효주는 이미 보통 인간이 스스로 조절하지 못하는 모든 충동에 휘둘리지 않을 수 있을 만큼 성숙한 정신을 가지고 있었지만 충동의 목소리를 무시하지 않았다. 오히려 귀 기울여 듣고 주의 깊게 그 목소리를 따라갔다. 충동에 따라 선택하고 충동에 따라 삶을 운용했다. 그리고 그런 자신과 삶을 유심히 지켜봤다. 왜 자연은 생과 몰, 선과 악, 양과 음을 배치한 채 유지되는지, 그런 패턴에 과연 의미와 목적이 있는지 궁금했다.

☾

삶이 3000번 이상 지속되었을 때, 처음으로 신의 존재를 느꼈다. 여러 삶에서 여러 종교의 신자였지만 신을 믿은 적은 없었다. 다만 교리에는 매혹을 느껴 깊게 공부했다. 신을 믿는 사람들도 흥미로웠다. 그들은 실제로 효주가 본 어떤 이들보다 사람의 표준을 벗어나 있었다. 좋고 나쁘고의 의미가 아니라 다른 차원의 생각과 행위가 가능한 이들이었다. 하지만 3000번의 삶을 지속하는 동안 신을 본 적은 한 번도 없었다. 신의 일부분을 본 적도 없었다. 당연한 일이었다. 신은 한 번도 태어나지 않았으니까. 다시 말하면 과거에 신은 존재하지 않았다. 효주는 어느 날 갑자기 이 사실을 깨닫고 깜짝 놀랐다. 어째서 이런 깨달음에 도달했는지 스스로도 알 수 없었다. 효주는 인과를 알 수 없지만 명확하게 그려지는 앎에 대해 알고 있었다. 이런 감각을 이전에도 경험해 본 적이 있었다. 기억을 더듬어 보았다. 그리고 온몸에 전율을 느꼈다. 이것은 예지의 감각이었다. 예지는 미래를 향하는 것처럼 과거로도 향할 수 있었다.

삶이 2만 번 이상 지속되었을 때, 효주는 오직 신을 찾는 데 모든 삶을 바쳤다. 어디서 신의 존재를 느꼈을까? 아니다. 정확히 말하자면 효주가 예지한 것은 신이 과거에 없다는 사실이었다. 그러므로 신은 존재했다. 과거가

우다영

신의 부재 상태이기 때문에 신은 다른 어딘가에 존재할 수 있었다. 그렇다면 미래에? 효주는 자신이 살던 현실에서 신의 존재를 느낀 적이 있는지 기억을 더듬어 보았다. 까마득한 기억을 거슬러 올라가야 했다. 하지만 그곳엔 포화와 폐허가 있을 뿐 어디에도 신은 없었다. 그렇다면 신은 어디에 있는가? 효주는 높은 산맥에 올라 구름과 땅을 내려다보며 자문했다. 이 많은 삶을 살며 무수한 시공간에 존재했던 자신이 아직 보지 못한 사각은 어디인가?

그때 효주는 자신의 심장이 뛰는 소리를 들었다. 자신이 지금 여기에 존재한다는 사실을 놀라며 발견했다. 불현듯 손을 뻗어 얼굴과 목, 가슴과 배, 팔다리를 빠짐없이 모두 만져보았다. 그것들은 효주가 찾고 있는 것이 아니었다. 이번에는 눈을 감고 자신의 깊은 곳을 들여다보기 시작했다. 그 안에는 효주가 살았던 모든 삶과 세계가 적층되어 있었다. 그 어떤 것도 훼손되지 않고 아름다운 질서를 이루며 자리 잡고 있었다. 그것은 공간도 아니고 시간도 아닌 형태로, 오직 효주가 머물던 '시선'을 연결한 궤적이었다. 세상에 한 번도 존재한 적 없는 가장 많은 세계를 관통하는 시선이었다. 두근. 효주는 다시 심장박동을 느꼈다. 이번에는 분명하게 알 수 있었다.

긴 예지

이것은 자신의 심장 소리가 아니었다. 효주 안에서 거대한 똬리를 틀고 있는, 저 끝과 시작이 보이지 않는 기나긴 시선의 태동이었다. 그것은 아직 세상에 태어나지 않은 신이었다. 효주는 2만 번의 삶 동안 그토록 찾아 헤매던 신을 마침내 자신의 깊은 속에서 찾았다.

신의 잉태를 목도하자, 효주는 마침내 어째서 세상이 기필코 종말을 향해 가는지 이해했다. 종말의 다른 이름은 신의 완성. 신은 창세기에 나지 않고 세계 전반에 흐르는 암시로 존재하며 종말에 비로소 도래하는 것이다. 세계는 단지 신이 완성되면 끝나도록 프로그래밍된 신의 알이며, 우주 만물의 원리는 때가 되면 알을 깨고 나오는 신의 본능이었다. 이 세계에서 가장 중요한 사건은 신의 탄생이었고 그러므로 모든 우주가 신의 탄생을 향해 회전하고, 추락하고, 흡수되고 있었다. 세상의 모든 현상은 태초가 품은 신에 대한 예지와 신이 도래하는 미래가 서로를 끌어당기는 동안 일어나는 진동일 뿐이었다. 가장 거대한 예지와 가장 거대한 미래가 힘겨루기 끝에 하나가 되는 날, 과연 세상은 종말을 맞을지 아니면 다시 한번 시작할 기회를 얻을지 알 수 없었다. 태초의 암시가 자연계의 순환과 반복, 유기체의 유전형질, 인류의 역사 전반, 영혼의 원형, 우주의 항상성 유지를 모두

우다영

내포하고 있다는 사실이 효주를 두렵게 만들었다. 또한, 암시가 일으킨 현상의 연쇄는 종말에 이르러 게임 〈볼볼 볼〉을 안배하고, 예지 인공지능 레마를 안배하고, 효주를 안배하여 마침내 신을 잉태하도록 만들었다. 이 정교하고 집요한 그물 속에서 효주는 자신이 꼼짝도 할 수 없는 운명이라는 걸 깨달았다.

운명을 깨달았지만 신의 의도를 이해할 수는 없었다. 어째서 이미 완성된 세계를 그저 취하지 않고 효주로 하여금 다시 헤매도록 하는지, 어째서 모든 삶에 깃드는 고행과 이 무한한 굴레에서 벗어날 수 없는 십자가를 지어주었는지 알 수 없었다.

알 수 없는 삶이 66만 번 이상 지속되었을 때, 효주는 솔이를 만났다. 나이를 먹어 노인이 되어 있었지만 효주는 그 애를 한눈에 알아봤다. 솔이는 병원 병상에서 작은 창밖으로 하늘을 내다보고 있었다. 효주가 다가가자 친절하게도 주름진 동그란 얼굴로 웃어주었다. 효주는 그 삶에서 젊은 장교였고 훈련 도중 부러진 팔을 치료하는 중이었다. 효주가 자신을 소개하자 솔이도 이름을 말해주었고 대개 노인들이 그러하듯 이내 자신의 파란만장한 이야기를 들려주기 시작했다. 그 애는 어린 나이에 가족들과 사막을 건넜던 일, 여기저기 떠돌던 이민자의 삶, 아름다운 옷을 좋아했던 시절, 그리고 자신만이 아는 비밀을 한 가지 이야기해 주었다.

"사실 나는 미래를 안다우."

솔이는 효주가 믿지 않는다고 지레 생각하고 특별히 앞날을 봐주겠다고 장담했다. 어린아이처럼 신이 나서 이리 가까이 오라고 손짓했다. 효주가 더 가까이 다가가자 손을 덥석 잡고 쓰다듬으며 눈을 깊이 들여다봤다.

"잘 살겠고만. 아주 잘 살 거야."

효주는 작은 창으로 들어오는 햇살이 침대 한쪽으로 밀려나다가 붉게 물들다가 완전히 꺼져버릴 때까지, 간호사가 양초 하나를 켜주며 이제 한 시간 뒤면 나가주어야 한다고 조용히 속삭일 때까지 솔이의 이야기를 들었다. 그 애에게 듣는 삶이란 팔딱팔딱하고 싱그러웠다. 매일매일이 놀라움의 연속이었다. 효주는 자신이 신을 잉태하여 키우는 시선에 불과하다는 사실을 안 후 삶에서 의미를 찾을 수 없었다. 누구도 열렬히 사랑할 수 없었고 어떤 치열한 목표도 생기지 않았다. 오랜 세월 이런 상태에 빠진 자신에게 솔이를 보낸 세계의 계획은 또 무엇일까?

효주는 끝없는 삶을 더 지속하며 언젠가 도경을 만날지도 모른다는 생각을 항상 품고 있었다. 이 세계는 레

☾

마가 만든 과거의 구현이면서 동시에 효주의 데이터가 세계의 재료가 되는 시스템이었다. 수십만 번의 삶 동안 효주가 세계에 남긴 흔적들은, 어떤 복잡한 과정을 거쳐 세상을 떠도는 효주의 정령이나 상념이 되었는지도 모른다. 그리고 마침내 효주가 그리워하는 사람들을 이 세계에 불러들이는 것인지도 모른다. 신에 대한 예지가 신을 서서히 이 세계에 도래시키듯이.

　그러나 도경은 좀처럼 효주 앞에 나타나지 않았다. 도경을 닮은 사람을 보거나 도경과 비슷한 목소리를 들으면, 효주는 가까이 가서 확인해 보았다. 하지만 그들은 다가온 효주를 보며 의아하게 웃거나 경계의 눈빛으로 탐색하는, 효주가 전혀 모르는 사람들이었다. 그런데 어느 날은 정말 도경을 닮은 남자를 보았다. 그는 부둣가 펍에서 맥주를 마시며 포커를 치고 있었다. 효주는 그 남자가 펍에 있는 줄도 모르고 이제 막 성인이 된 친구들과 다트 내기를 하고 있었다. 그가 마침내 돈을 따서 두 손을 치켜들고 소리를 질렀을 때, 효주는 그를 처음 보았다. 그는 배 시간에 딱 맞췄다고 익살을 부리며 돈과 재킷을 챙겨 서둘러 펍을 나갔다. 효주는 한발 늦게 손에 든 다트를 팽개치고 그를 따라갔다. 그는 어찌나 빠른지 벌써 보이지 않았고 효주는 정신없이 그를 찾다가

☽

긴 예지

무작정 선착장으로 향했다. 분명히 제일 먼저 출발하는 배를 탔을 거라고 짐작했는데 그 배가 이미 출발하고 있었다. 효주는 가쁜 숨을 몰아쉬며 멀어지는 여객선과 그 안에서 손을 뻗어 흔드는 몇몇 사람을 바라봤다. 효주는 다시 달리기 시작했다. 부두를 따라 묶여 있는 배들을 살폈고 마침 주인이 곁에 있는 작은 배를 빌렸다. 아직 수평선 너머로 넘어가지 않은 여객선이 보였다. 전속력으로 모터를 돌렸다. 배는 물살을 시원하게 갈랐고 소금기 어린 시원한 바람이 이마의 땀을 식혀줬다. 도경이 무슨 삶을 살고 있을지 궁금했다. 그 철두철미하던 사람이 포커라니 웃기기 그지없었다. 한낮의 햇살이 따갑게 쏟아졌고 효주는 눈이 부셔서 손차양을 하고 앞을 봤다. 도경이 탄 배가 손에 닿을 것처럼 바로 앞에 있었다. 하지만 결국 여객선을 놓치고 말았다. 거의 따라잡았다고 생각했는데 감쪽같이 사라져 버렸다. 어느 순간 드넓은 바다 위에 떠 있는 건 효주뿐이었다. 처음에 효주는 어안이 벙벙해 모터를 끌 생각도 하지 못했다. 아무것도 없는 앞을 향해 계속 달리던 배는 결국 모터가 나가버렸고 해가 지기 시작했다. 그때까지만 해도 효주는 돌아가야 한다는 생각을 하고 있었다. 어쩌면 지나가는 배를 기다렸다가 조난요청을 해야 할지도 모른다고 생각했다. 하지

우다영

만 해가 지자 자신이 정말 원하는 것이 무엇인지 깨달았다. 효주는 배 위에 누워 새카만 밤하늘을 마주 봤다. 이번 삶에서 자신이 누구인지 떠올렸고 누군가 자신을 걱정하리라는 생각도 들었다. 잠시 후엔 저 밤 너머의 진짜 세상도 잠시 떠올렸다. 그러나 전부 흘려보내 버렸다. 머릿속에서 모든 생각을 몰아내자 세상은 더없이 고요해졌다. 천천히 깊고 조용하게 숨을 쉬었다. 힘을 쭉 뺀 몸은 파고 위에서 솟아올랐다가 가라앉기를 반복했다. 효주는 그 반복 속으로, 끔찍한 순리 속으로 서서히 들어갔다.

효주는 어느 가정집 침대 위에서 정신을 차렸다. 목이 무척 마르고 앞이 잘 보이지 않았다. 주변에 사람들이 있다는 걸 알았지만 그대로 다시 까무룩 잠들어 버렸다. 새벽에 정신을 차렸을 땐, 그 집의 중년 아내가 효주의 이마를 짚어주었다. 그녀는 물수건으로 효주의 땀을 닦아주고 입 안에 물도 조금 흘려 넣어주었다. 이내 효주가 고개를 저어 저항했다. 목소리가 잘 나오지 않았지만 날 내버려 두라고, 나를 밖으로 내보내 달라고 말했다. 아내는 효주를 가만히 지켜보다가 스탠드 불을 작게 줄여주고 밖으로 나갔다. 그 집은 부부와 네 남매가 살고 있었다. 수십여 일 만에 탈수와 영양실조 상태로 떠내

☾

려 온 효주를 해안가에서 발견하고 집으로 데려온 것이었다. 효주는 물과 음식을 거부했다. 효주가 거부하면 그들은 순순히 물러갔다가 다음에는 작은 아이가, 그다음에는 조금 더 큰 아이가, 그다음에는 아이들의 아버지가 똑같은 물과 음식을 권하기 위해 다가왔다. 효주는 그들이 아무것도 모른다고 생각했다. 그들은 레마가 만든 시뮬레이션의 껍데기들일 뿐이었다. 효주가 가진 기억이나 생각도 모르고, 이 세계에 내재된 종말도 모르며, 한 사람의 깊은 내부에 신이 잉태되어 있다는 사실도 까맣게 모르면서 살아가는 사람들이었다. 처음에는 정신을 제대로 차리지 못하고 저리 가, 저리 가 벌레 쫓아내듯 손을 휘젓던 효주는 이제 독이 잔뜩 올라 으르렁거렸다. 꺼지라고, 꺼져버리라고 소리쳤다. 그러면 아이들이 까르르 웃음을 터트리며 파도처럼 물러갔다. 효주가 그들을 방에서 다 몰아내면 가족들은 방문을 살짝 열어둔 채 주방에서 웃고 떠들며 식사를 했다. 감자와 당근, 브로콜리를 넣고 뭉근하게 끓인 수프 냄새가 온 집 안에 가득했다. 밥을 먹다가도 그들은 번갈아 효주에게 밥을 권하러 들어왔다. 우유를 가지고 들어오고 미음을 가지고 들어왔다. 효주는 울음을 터트렸다. 날 좀 내버려 둬요. 날 혼자 두라고요. 그러자 아이들의 엄마가 수프를 쟁반에 받치

우다영

고 들어왔다. 그것을 효주 앞에 놓고 떠먹이기 시작했다. 그래요. 외롭고 힘들었죠? 어서 먹어요. 입으로 따뜻한 수프가 들어왔고 효주는 엉엉 울면서 그것을 받아먹었다. 그들은 아무것도 모르면서 효주를 먹이고 보살폈다. 배고프고 병든 자를 굽어살폈다. 슬픔과 절망에 빠진 사람을 구하려 했다. 효주는 됐다고 그만 먹자고 숟가락을 밀어냈다. 여자는 그래요, 그래요 말하며 효주를 떼쓰는 어린아이처럼 다뤘다. 효주는 지긋지긋했다. 수없이 반복되는 삶과 이런 음식들. 이런 사람들. 자기 안에서 자라고 있는 신까지도. 신은 이로써 또 하나의 시선을 더 가지게 되었다. 인간은 신을 돌보고 신은 인간에게 자애를 터득했다. 그러므로 모든 것에 신이 깃들었다는 말은 틀린 말이었다. 신에게 세상의 모든 것이 깃들었다. 신은 한눈에 담을 수 없는 암시이며, 기나긴 예지이며, 곧 세상이었다. 효주는 마침내 자신이 모든 삶을 떠돌아야 하는 이유를 알았다. 하나의 세계가 아니라 하나의 시선이 이야기가 된다는 것을 이해했기 때문이다.

☾

열여덟 번째 낙타

①

가장 오래된 수학책 『린드 파피루스』에는 삼 형제가 열일곱 마리의 낙타를 나누는 분수 문제가 있다. 한 상인이 자식 세 명에게 낙타 열일곱 마리를 각각 2분의 1, 3분의 1, 9분의 1로 나눠 가지라고 유언했다. 어떻게 해도 나누어지지 않던 열일곱 마리 낙타에, 지나가던 노인이 한 마리 낙타를 더해주자 낙타는 열여덟 마리가 된다. 삼 형제는 각각 아홉 마리, 여섯 마리, 두 마리의 낙타를 나눠 가지고 남은 한 마리를 노인에게 돌려준다. 물론 이 계산은 옳지 않으며 애초부터 아버지가 낸 문제가 틀렸다는 것을 알 수 있다. 그렇지만 눈앞에 주어진 등식에 갇히지 않고 문제 자체의 오류를 꿰뚫었을 때, 그 오류를 통해서만 드러나는 진실이 있다.

세상에 없는 이야기가 왜 필요할까?

이런 의문이 들 때 떠올리는 좋아하는 수학 문제.

2

그리고 노인의 한 마리 낙타가 있다. 한 마리 낙타는 이야기가 끝나면 삼 형제의 세계에서 완전히 퇴장한다. 마치 존재하지 않았던 것처럼. 하지만 정말 그러할까? 한 마리 낙타는 주어진 열일곱 마리 낙타 안에 영영 포함될 수 없는 다른 세계의 존재이지만, 공존할 수 없는 열일곱 마리 낙타와 한 마리 낙타가 동시에 존재할 때 어쩌면 이야기가 발생한다. 이 이름 모를 낙타는 이야기 밖에서 이야기를 헤집고 들어와, 진실을 관통하고, 아무런 자국도 남기지 않은 채 빠져나간다.

3

〈긴 예지〉를 쓰면서 처음으로 작업실을 구했다. 큰 창으로 밖을 내다보면 변화가 거의 없이 늘 그대로 멈춰 있는 풍경이 보인다. 초등학교 운동장과 건물들, 그 뒤로 키 작은 다세대 빌라들, 더 멀리 아파트 단지와 겨우 윤곽이 살짝 보이는 낮은 산의 능선, 그리고 하늘이었다. 모두 멈춘 것처럼 보였지만 자세히 들여다보면 초등학교 운동장의 태극기가 조그맣게 펄럭이는 모습, 초록색 옥상 위에서 빙빙 돌아가는 철제 환풍기, 이따금 사선으로 천천히 하늘을 가로지르는 비행기, 그리고 무엇인지 알 수 없지만 산머리에서 규칙적으로 깜박, 깜박 반짝이는 하얀 불빛이 있었다. 그것들 덕분에 나는 창이 그림이 아니고 세계라는 것을 종종 깨달았다.

그 창을 내다보며 세계를 보는 일에 대해 써보고 싶었다. 세계는 볼 때마다 새롭게 아름답고 또 무서웠다.

우다영

2

돌아오는 호수에서　　　　　조예은

"

끔찍하고
다정한 이야기의
시작을
함께해 주셔서
감사합니다.

"

●❬❬❬❬

무영마을. 그리고 무영호.

진하가 부모님을 따라 도시에서 이 깡촌 호수 마을로
전학 온 지 딱 일주일째 되는 날이었다. 일요일이었는데
도 부모님은 아침 일찍 연구소로 향했고, 도시의 친구들
은 저들끼리 노느라 전화조차 받지 않았다. 진하에게 주
어진 건 한도가 높은 신용카드 한 장이 다였다. 그나마
도 제대로 된 마트 하나 없는 이곳에선 쓸 일이 없었다.

혼자 남는 건 늘 있는 일이긴 했다. 엄마와 아빠는 항
상 바빴으니까. 부모님이 일하는 연구소가 새로 생긴 연
구 단지로 옮겨 가게 되었다는 것도 분명 어쩔 수 없는
일이긴 했다. 문제는 그 사실을 진하가 이사 가는 당일
에야 알았다는 것이다. 왜 자신에게 말을 해주지 않았냐

☾

는 물음에 엄마와 아빠는 서로를 마주 보며 탓할 뿐이었다. 그 모습을 보니 맥이 탁 풀려서 화를 낼 의욕조차 들지 않았다. 아, 원래 이런 사람들이었지. 늘 내 예상보다 훨씬 나에게 무관심한 사람들.

어차피 미리 알았다 하더라도 바뀌는 건 없었을 것이다. 하지만 막상 이 외딴 섬 같은 집에 갇혀 있다 보니 짜증이 치미는 건 어쩔 수 없었다. 마을에서 시내로 나가는 버스는 하루에 고작 네 대가 다녔고, 그나마도 한 시간이 넘게 걸렸다. 그냥 콜라가 아닌 제로 콜라를 사려면 걸어서 한 시간 이십 분 거리에 있는 연구 단지 안의 로비 매점으로 가야 했다.

결국 진하는 인터넷으로 그다지 쓸모없는 게임기와 물건을 잔뜩 산 후 집을 나섰다. 현관과 이어진 오솔길을 따라 걷자 금방 호숫가가 나타났다. 이곳에 오고 그나마 마음에 드는 부분이라면 바로 저 호수였다. 새로 살게 된 집은 꼭 동화 속에 나오는 별장처럼 호수가 시원하게 내려다보였는데, 아침, 점심, 저녁마다 각각 다른 빛을 발했다. 특히 노을의 노란색과 주황색이 더해져 일렁이는 잔물결은 넋을 놓고 보게 될 만큼 아름다웠다. 그는 호숫가 주변을 뱅뱅 맴돌다 풍경이 좋은 자리에 주저앉았다.

☾

호수를 한결 더 아름답게 해주는 건 고요였다. 주변에
는 상업적 시설은커녕 오가는 사람조차 없었기에 그곳
은 꼭 어떤 금기처럼 마을과 유리된 채 홀로 존재하는
것 같았다. 분명 아름다웠지만 이처럼 따분한 곳에서 학
창 시절을 보내야 한다고 생각하면 심란함이 앞섰다. 다
른 연구소 직원들은 전부 번화가 쪽에 집을 얻었다고 들
었다. 왜 군이 새집을 지으면서까지 이곳에 온 걸까. 부
모님을 향한 원망과 의문이 샘솟아 애꿎은 호수에 나뭇
가지를 던지며 화풀이를 하고 있을 때였다. 잔잔한 물결
을 타고 퍼져 나가는 색색의 이물질들이 보였다.

처음에는 꽃잎인 줄 알았다. 아주 잘았고, 가벼워 보였
으며 그런 식으로 흩날리는 건 꽃잎이나 이파리 따위밖
에 떠오르지 않았으니까. 하지만 이내 초겨울의 냉기를
담은 서늘한 바람이 불어옴과 동시에 앙상하기만 한 근
처의 가지들이 눈에 들어왔다. 그래서 조금 더 가까이 다
가갔다. 상체를 숙이고 보니 꽃잎인 줄 알았던 것의 정체
는 사진이었다. 조각조각 찢긴 누군가의 사진. 멀지 않은
곳에서 인기척이 들려왔다.

진하가 서 있던 곳에서 불과 다섯 걸음 정도밖에 떨어
지지 않은 곳이었다. 그곳을 돌아보자 무릎을 굽히고 앉
은 또래의 아이가 보였다. 낯이 익지만 아는 얼굴은 아니

었다. 시선을 느낀 건지 아이도 고개를 돌려 진하를 마주 보았다. 갈색에 가까운 밝은 머리카락과 살아 있는 문신처럼 얼굴 위로 선명하게 일렁이는 물그림자.

"전학생 맞지?"

진하가 고개를 끄덕이자 아이는 단숨에 엉덩이를 털고 일어나 진하의 옆으로 다가갔다.

"네 이름 알아. 유진하. 넌 내 이름 모르지?"

진하는 이번에도 고개를 끄덕였다.

"난 나루야. 이나루."

진하는 당황했다. 이렇게 친근하게 반응할 줄은 몰랐다. 그는 나루의 반짝이는 눈빛을 피하느라 애먼 호수만 흘깃거렸다. 어느새 사진 조각들은 떠내려간 것인지 가라앉은 것인지 하나도 보이지 않았다. 시선을 둘 곳을 찾아 헤매는데 나루의 손에 걸린 샛노란 시계가 눈에 들어왔다. 어린애의 손에 어울리지 않는, 한눈에 고가라는 걸 알 수 있는 시계였다.

"여기서 뭐 하고 있었어?"

나루가 물었다. 진하는 고민하다 답했다.

"그냥 심심해서. 너는?"

"호수에 버릴 게 좀 있어서."

"버릴 거?"

그러고서는 쥐고 있던 시계를 들고 흔들었다. 진하가 말을 고르는 사이, 나루는 호수 앞으로 다가가 섰다. 그런 다음 시계를 있는 힘껏 던졌다. 첨벙, 하는 소리가 호숫가의 고요를 깼고, 이어서 강한 바람이 불어와 메마른 나무와 갈대, 잡초를 흔들었다. 나루는 후련한 표정으로 돌아와 진하 옆에 주저앉았다.

"너도 꼴 보기 싫은 거 있으면 여기에 버려. 그런 게 있었다는 사실조차 잊고 싶은 것들."

"왜 여기에 버리는 건데?"

나루는 불쑥 얼굴을 내밀고는 속삭였다.

"이 호수는 다 먹어치우거든."

나루가 씨익 웃으며 진하가 앉은 곳으로부터 대각선 방향을 턱짓했다. 고개를 돌려 그곳을 바라보자 갈대를 헤치고 호숫가로 다가오는 거구의 남자가 보였다. 녹색 모자를 허리춤에 걸고 있었는데, 이사 첫날 본 적 있는 얼굴이었다. 청년회장이랬나. 나루는 조용히 하라는 듯이 자신의 입술에 검지를 가져다 댄 후, 진하를 방치된 오리배의 안쪽으로 이끌었다. 둘은 몸을 숨긴 채 호수 건너편을 지켜보았다.

주변을 살피던 청년회장이 들고 있던 것을 호수 앞에 내려놓았다. 직육면체 모양의 기름통이었다. 그가 통을

☾

돌아오는 호수에서

기울여 내용물을 호수로 쏟기 시작하자 바람을 타고 퀴퀴한 기름 냄새가 퍼졌다. 점성을 가진 새까만 액체가 끝도 없이 흘러나왔다. 18리터짜리 폐식용유 한 통을 모조리 비운 남자는 느긋하게 서서 담배까지 한 대 피운 후 호숫가를 나섰다. 꽁초를 호수에 던지는 폼이 한두 번 해본 게 아닌 듯했다.

남자가 완전히 사라진 후에야 나루가 입을 열었다.

"봤지? 다들 이 호수에 꼴 보기 싫은 걸 버린다고."

"폐기름을 저렇게 버려도 되는 거야?"

"되겠냐? 안 되니까 몰래 버리는 거지. 따라와. 신기한 거 보여줄게."

나루가 진하를 이끌고 간 곳은 남자가 폐기름을 버린 지점이었다. 호수는 여전히 맑았고, 진하는 얼마 지나지 않아 뒷덜미를 섬뜩하게 만드는 위화감의 정체를 알아챘다. 기름이 물 위로 뜨지 않았다. 한 통을 모조리 쏟아부었는데, 애초에 그런 게 버려진 적 없다는 듯이 호수는 깨끗하고 맑게 찰랑거렸다. 나루는 진하를 향해 해맑게 말했다.

"여기는 이런 호수야. 가라앉는다거나, 떠내려가는 게 아니라 세상에서 영영 사라지게 하는 호수. 나도 청년회장이 몰래 버리는 걸 보고야 알았어. 단순히 마을의 전설

조예은

이나 미신 같은 게 아니라 이 호수가 정말로 이상하다는 걸."

"전설?"

"여기 마을 사람들은 이 호수가 신성하다고 생각하거든. 1년에 한 번씩 제사도 올리고, 노인들 중에는 죽은 후에 시신을 호수에 버려달라는 사람도 있어. 잊고 싶은 게 있는 사람은 이곳에 와서 소원을 빌어. 이별한 사람은 커플링을 던지기도 하고. 신성한 나무, 신성한 돌, 신성한 우물… 뭐, 시골 마을에는 그런 거 하나씩 있잖아."

진하는 딱히 대꾸할 말이 없어 가만히 듣고만 있었다. 마을의 구닥다리 전설 같은 건 관심 없었으나 좀 전의 장면은 확실히 말이 안 되는 것이었다. 문득 나루의 목소리가 바람에 나부끼는 갈대 소리와 닮았다는 생각이 들었다. 나루는 계속 말했다.

"그런데 웃긴 게 뭔 줄 알아? 누군가한테는 신성한 장소이겠지만, 다른 누군가한테는 그저 쓰레기 처리장일 뿐이라는 거야. 폐기름뿐만이 아니라 썩은 생선, 중학교 졸업 앨범, 누군가에게 받은 선물, 고장 난 벽시계 같은 것도. 어쩌면 시체를 버린 사람도 있을지 모르지."

진하는 나루가 버린 시계와 사진 조각을 떠올렸다. 그 물건들을 버린 이유에 대해 묻고 싶었지만 쉽게 입이 떨

☾

어지지 않았다. 나루는 작게 중얼거렸다.

"모두 온갖 지저분한 것들을 버리는데 너무 맑기만 하잖아. 불길해"

불길함. 자잘하게 찢긴 사진 조각과 얼굴에 반사되는 물결, 물비린내에 미약하게 섞인 담배 냄새, 맑은 표면 아래로 사라지는 폐식용유, 축축한 흙과 앙상한 나무들. 그리고 겨울치고는 따스한 한낮의 햇살. 그것이 진하가 기억하는 나루와의 첫 만남이었다.

얼마 지나지 않아 해가 졌고, 나루는 할머니가 시장에서 돌아올 시간이라며 일어섰다. 나루의 집은 호수에서 마을로 향하는 길목에 위치한 파란 지붕 집이었다. 호숫가에서 제일 가깝다는 건 마을에서 제일 먼 곳이라는 뜻이기도 했다. 그 사소한 사실에서 진하는 왠지 모를 동질감을 느꼈다. 녹슨 파란색 대문 앞에 삼색 고양이 한 마리가 마중을 나와 있었다. 나루는 고양이의 이름이 '수수'라며 소개했다. 호숫가 근처에서 어미를 잃고 울고 있던 걸 데려왔다고 했다.

"그럼 내일 학교에서 봐."

진하가 먼저 인사했다. 나루가 뒤돌아 고양이 손을 잡고 흔들었다.

그날 진하는 집에 돌아와 블라인드를 내리며 나루에

☾

게 들은 것들을 곱씹었다. 해가 완전히 지고 난 후의 창밖은 검은 필름을 붙인 것처럼 아무것도 보이지 않았다. 부모님은 일요일임에도 자정이 훌쩍 넘어서야 돌아왔다. 그는 빨리 자라며 곧바로 2층으로 향하는 엄마를 붙잡고 물었다.

"있잖아, 물에 기름을 쏟으면 위에 뜨지?"

"그런 걸 왜 물어?"

"가라앉거나… 사라지는 일도 있나?"

엄마는 코웃음을 치며 답했다.

"헛소리 그만하고 잠이나 자. 내일 학교 가야지."

계단을 오르던 엄마가 문득 자리에 멈춰 섰다. 엄마는 블라인드로 가려진 창을 보다가, 진하를 돌아보며 말했다.

"카드로 쓸데없는 건 사지 마."

다음 날 진하는 학교에서 나루를 만났다. 나루는 교실의 중간 어디쯤 앉아 엎어져 자고 있었다. 뺨 한쪽에는 옷깃을 따라 난 자국이 선명했다. 수업 시작을 알리는 시간에 맞춰 나루를 흔들어 깨웠다. 나루의 눈꺼풀이 올라가는 그 찰나에 어째선지 전날 보았던 물비늘이 생각났다.

☾

111

학교에서의 시간은 별다를 것 없이 흘러갔다. 나루와 진하는 꼭 오랫동안 알고 지낸 난짝처럼 급식도 함께 먹고 과제 팀도 함께 짜고 모든 걸 함께했다. 둘 다 말이 그리 많지 않은 편이었음에도 어색하지 않았다. 진하는 둘 중 누구도 공백을 메우려 애쓰지 않아도 될 만큼 서로가 편안하게 느껴진다는 사실이 신기했다.

제일 뒷자리에 앉아 있던 덩치 큰 녀석이 다가와 시비를 건 것은 종례 후 가방을 정리할 때였다. 진하의 앞에 버티고 선 그는, 미리 준비를 끝내고 기다리는 나루를 가리키며 들으라는 듯이 크게 비아냥거렸다.

"재수 없는 왕따 새끼랑 놀면 너도 재수 없는 거 옮는다."

뒤늦게 진하는 나루가 온종일 자신 이외에 다른 아이들과는 대화가 거의 없었다는 사실을 떠올렸다. 막 전학 온 자신은 당연한 일이라 치더라도, 원래 이 학교에 다니던 나루가 그렇다는 건 한 가지 경우밖에는 없어 보였다. 눈앞의 덩치가 그 추측에 확신을 주었다. 나루는 덩치의 시비에도 귀찮다는 표정으로 짝다리를 짚었고, 덩치는 나루를 위아래로 훑어보았다.

가방을 둘러메고 선 진하는 덩치에게 어떻게 대꾸해야 할지 고민했다. 한마디 하고 싶긴 한데, 괜히 일을 크

조예은

게 만들까 싶어 망설여졌다. 전에 다녔던 학교에도 폭군처럼 구는 애들이 있긴 했지만 이런 식으로 직접적인 상황에 낀 적은 없었다. 진하가 있는 힘을 다해 머리를 굴리는 사이, 나루는 태연히 덩치를 지나쳐 그의 앞에 섰다. 그러고는 일부러 들으라는 듯이 말했다.

"신경 쓰지 마. 쟤 나한테 질투해서 그래. 막 이사 왔을 때 계속 짜증 나게 굴길래 한번 크게 치고받고 싸웠거든. 내가 이겨서 그 뒤로 계속 저 난리야."

바짝 약이 오른 덩치가 욕설을 지껄였다. 책상을 밀치고 다가온 그가 나루를 향해 우락부락한 팔을 뻗는 순간이었다. 진하는 이 상황에서 자신이 해야 할 행동을 알았다. 그는 나루의 손목을 잡고 달렸다. 교실을 빠져나와 복도를 가로질러 건물 밖으로 달렸다. 등 뒤에서는 덩치와 그의 무리가 끈질기게 쫓아왔다. 단숨에 운동장을 벗어나 버스 정류장까지 간 그들은 바로 눈앞에 정차한 버스에 올라탔다. 그들을 마지막으로 태운 버스는 유유히 정류장을 벗어났고, 쫓아오던 아이들은 교문 앞에 허망하게 섰다. 진하는 숨을 몰아쉬며 먼저 자리를 잡고 앉은 나루의 옆에 쓰러지듯이 앉았다. 나루 역시 금방이라도 죽을 것처럼 숨을 몰아쉬고 있었다. 둘 다 심장이 터질 것처럼 힘들었는데 이상하게 웃음이 났다.

☾

버스는 익숙한 논과 산을 지나 달렸다. 번호를 확인해보니 마을로 가는 버스였다. 겨우 진정한 진하는 나루에게 물었다.

"너도 여기 이사 온 거였어?"

"응. 난 초등학생 때. 원래 서울 살았는데 엄마가 직장을 옮기면서 할머니랑 같이 살아."

진하는 도시에서 나루를 만났다면 어땠을지 상상했다. 호숫가가 아닌 쇼핑센터나 패스트푸드점에서 만나는 나루를. 하지만 어째선지 잘 떠오르지 않았다. 첫 만남의 기억이 강렬해서인지 나루는 꼭 호수 그 자체처럼 느껴졌다.

비스는 포장되지 않은 길을 덜컹거리며 계속 달렸다. 버스의 안내음이 다음 정류장에서 내려야 한다는 걸 알렸다. 가방을 챙겨 일어난 나루가 별안간 진하를 바라보며 말했다.

"그거 알아? 네가 여기서 사귄 첫 친구야."

'첫 친구'라는 말을 진하는 오래도록 입 안에서 굴려보았다.

버스에서 내리자 마을 슈퍼가 그들을 반겼다. 날이 추웠음에도 이마에 송골송골 땀이 맺혔고 목이 탔다. 진하와 나루는 콜라 한 캔과 초코맛 아이스크림을 하나씩 샀

조예은

다. 진하는 아이스크림 포장을 벗기는 나루에게 춥지도 않냐고 중얼거렸고, 나루는 우리 할머니랑 똑같은 소리를 한다며, 차가운 건 콜라도 마찬가진데 무슨 상관이냐며 대꾸했다.

"그리고 원래 추울 때 먹는 게 더 맛있는 거야."

나루는 신이 나 보였다. 신이 난 나루를 보는 진하도 기분이 좋아졌다. 빈 캔과 막대기를 들고 도착한 호숫가를 회전 초밥마냥 빙글빙글 돌며 그들은 많은 이야기를 나누었다. 진하는 카드만 주면 다인 줄 아는 부모님과 좋아하는 영화에 대해 말했고, 나루는 자신을 할머니에게 맡긴 채 찾아오지 않는 엄마와 좋아하는 드라마에 대해 이야기했다. 진하는 시계에 대해 물어보고 싶었지만 당장은 묻지 않았다. 시간은 넘치도록 많았고 언젠가 먼저 묻지 않아도 나루가 말해줄 것 같은 예감이 들었기 때문이다. 그날 진하는 나루네 집에서 할머니가 쪄준 옥수수를 먹고 저녁 열 시가 넘은 시간에야 집으로 향했다.

날이 어두워지자, 가로등이 듬성듬성 난 시골길은 꽤나 공포스러운 분위기를 풍겼다. 그는 뛰다시피 걸었다. 호숫가를 막 지나는 찰나였다. 어디선가 머리카락을 태우는 것 같은 탄내가 느껴진다 싶더니 땅이 울렸다. 소형 용달 트럭 하나가 호숫가를 빠져나가고 있었다. 번호

☾

판이 없었다. 이곳은 마을의 가장 끝자락이었고, 길을 잘 못 들었다기엔 알고도 찾아오기 힘든 지점이었다. 온통 컴컴한 와중에 짐칸에 실린 무수한 드럼통이 달빛을 받아 반짝였다. 아무것도 적혀 있지 않은 흰 드럼통들이었다.

진하는 호수로 걸음을 옮겼다. 해가 완전히 져서 아무것도 보이지 않았다. 핸드폰 플래시를 켜 호수를 비췄다. 조금 어두울 뿐 호수는 그대로였다. 다만, 불쾌한 화학 약품 냄새가 공기 중에 은은히 배어 있었다. 찝찝했지만 당장 확인할 수 있는 게 없었으므로 진하는 발길을 돌렸다.

불이 꺼져 있어 아무도 없는 줄 알았던 집에는 뜻밖에도 엄마가 먼저 와 있었다. 엄마는 호수가 잘 보이는 창 앞에 멍하니 서 있었는데, 진하의 문소리가 들렸을 텐데도 꼼짝하지 않았다. 한 사흘 만에 보는 모습일까. 그새 엄마는 몇 년은 고생하다 온 사람처럼 초췌한 몰골을 하고 있었다. 어둠 속에서 엄마의 퀭한 두 눈은 호수 저 어딘가를 바라보고 있었다. 진하는 옆으로 다가가 물었다.

"밖에 뭐 있어요?"

그제야 진하를 돌아본 엄마는 평소보다 낮은 목소리로 아무것도 없다고 답했다. 꼭 주문이라도 외우는 것처

☾

116
조예은

럼 중얼거렸다. 아무것도 없다고. 저곳엔 무엇도 없다고. 그때 누군가에게 전화가 왔고, 엄마는 어서 자라며 진하를 방에 밀어넣은 뒤 통화를 계속했다. 진하는 문에 귀를 대고 들려오는 소리에 귀를 기울였다.

"확인했습니다. 그런데… 정말 이게 맞을까요? 어쩔 수 없다는 걸 알지만…"

엄마의 통화가 무엇을 뜻하는지는 알 수 없었으나 그날 진하는 늦은 시간까지 잠들지 못했다. 중요한 약속을 까먹은 것처럼 찝찝함이 가시지 않았다. 그는 헤어진 지 얼마 되지도 않은 나루와 메시지를 주고받으며 새벽을 지새웠다. 쏟아지던 잡념과 이유 모를 불안이 나루와 헛소리를 나누는 동안에는 쥐죽은 듯 사라졌다. 그렇게 새벽 네 시가 넘어선 무렵이었다. 창밖에서 낯선 물소리가 들려왔다.

첨벙. 분명 그런 소리였다. 그는 창문을 열고 호수를 바라보았다. 누군가 또 이 호수에 뭔가를 던진 걸까? 호수를 집요하게 훑던 그는 한가운데에 동심원이 퍼져 나가는 것을 발견했다. 기포가 부글거렸고, 곧 표면 위로 무언가 모습을 드러냈다. 어둠 너머로 어렴풋이 보이는 검은 형체는 물고기라기엔 너무 컸으며, 또 너무 오랫동안 머리를 내밀고 있었다. 그는 불현듯 그것이 자신을

☾

바라보고 있다고 느꼈다. 시야가 점차 어둠에 익숙해지고, 달을 가린 구름이 가시자 호수의 풍경이 한결 선명해졌다.

호수의 한가운데에 떠 있는 검은 머리. 그것은 머리가 분명했다. 흘러내리는 듯한 덩어리에 박힌 두 큼지막한 눈동자를 목격한 그 순간, 진하는 겁에 질려 뒷걸음질했다.

괴물.

그는 숨을 가다듬고 다시 창문 앞으로 다가갔다. 떨리는 손으로 창틀을 잡은 순간, 또다시 첨벙하는 소리가 들렸다. 그는 좀 전까지 형체가 있던 곳을 응시했다. 그곳에는 더 이상 아무것도 없었다. 머릿속에 엄마의 목소리가 스쳐 지나갔다. 저 곳에는 무엇도 없다고 중얼거리는 목소리가.

진하는 침대로 돌아와 이불을 머리끝까지 뒤집어썼다. 그리고 어느 순간 함정에 빠지듯 잠이 들었다. 다시 눈을 떴을 땐 눈이 빠질 것처럼 아팠고, 해가 중천이었다. 낮이라는 걸 확인하자마자 그는 발코니로 나가 호수를 보았다. 햇빛이 반사되어 눈을 제대로 뜨기가 힘들었다. 지나가던 구름이 해를 잠시 가리자 호수의 표면이 드러났다. 평소와 다를 것 하나 없는 호수였다.

☾

꿈을 꾼 걸까?

넋이 나간 진하를 깨운 건 초인종 소리였다. 주말에 주문한 택배인가 싶어서 현관으로 다가갔다. 인터폰에 비치는 건 나루였다. 그는 서둘러 문을 열었다. 당황한 진하를 향해 나루는 태연히 말했다.

"같이 등교하려고 기다렸는데 아무리 눌러도 안 나오더라. 걱정돼서."

시간은 이미 1교시를 훌쩍 넘겼다. 진하는 일단 나루를 집 안으로 들였다. 엄마가 먼저 출근한 게 다행이라면 다행이었다. 나루는 집이 되게 좋다며, 꼭 제집 마냥 거실 소파에 가방을 던졌다. 집 안 여기저기를 쏘다니던 그가 문득 진하를 향해 물었다.

"그런데 너 안색이 왜 그래? 어디 아파?"

"아픈 건 아닌데…"

나루가 핸드폰을 셀카 모드로 바꾸고는 들이밀었다. 며칠 밤을 새운 것처럼 퀭한 얼굴이 그 안에 있었다. 진하는 간밤에 목격한 것들을 나루에게 말했다. 나루는 진하의 눈을 맞추며 가만히 들었다. 가끔 말도 안 된다는 듯이 눈썹을 찡그렸지만, 그래도 진지하게 듣고 있다는 걸 알 수 있었다.

"그냥 악몽 꾼 걸 거야. 어제 오래간만에 뛰어서 몸이

☾

돌아오는 호수에서

피곤했나 봐."

이야기를 끝내자 진하는 창피해졌다. 호수의 괴물이라니. 너무 유치한 것 아닌가. 나루가 자신을 허구한 날 망상 속에 사는 사람으로 볼 것 같았다. 진하가 후회에 몸부림치고 있을 때였다. 나루는 오히려 신이 난 듯한 목소리로 말했다.

"한번 찾아보자. 호수에 진짜 괴물이 사는지."

그날, 학교에 가는 대신 둘은 온종일 괴물의 흔적을 찾기 위해 호숫가를 헤집고 다녔다. 해가 지도록 근처를 배회했지만 특이사항은 아무것도 찾을 수 없었다. 나루는 건진 게 하나도 없다며 아쉬워했으나 진하는 괜찮았다. 새벽의 공포가 좀먹은 자리를 한낮의 햇살과 그 아래 나루의 눈동자로 메울 수 있었으니까.

그로부터 며칠 뒤, 호숫가 인근 산속 깊은 곳에서 한 약초꾼이 죽은 채로 발견되었다. 기저 질환이 없던 건강한 사람이 피를 잔뜩 토한 채. 특이점은 한 가지 더 있었다. 약초꾼이 죽은 자리에서 100미터 정도 떨어진 지점에 정체불명의 괴생명체가 죽은 채로 발견되었다. 그러나 이미 부패가 많이 진행된 상태라 형체가 거의 남아 있지 않았으므로, 산짐승이라 짐작해 별다른 조치가 취해지진 않았다. 어째선지 그 두 사건은 지역신문에조차

☾

조예은

보도되지 않았고, 당시 현장을 오갔던 순경과 형사, 목격자 노인이 하나같이 급사했다는 사실 역시 크게 회자되지 않았다.

이후에도 나루와 진하는 틈만 나면 호숫가에서 시간을 보냈다. 그곳에서 엉망으로 나온 나루의 성적표와 상위권이지만 기대에 못 미친 진하의 성적표를 잘게 찢어 흩뿌리기도 하고, 부모님의 신용카드를 가위로 잘라서 버리기도 했으며, 괴물을 찾기 위해 낡은 오리배를 타고 호수의 중앙까지 나아가기도 했다.

청년회장이 아무리 많은 폐기름을 버려도, 어떻게 알고 찾아왔는지 모를 시내의 공업용 쓰레기 수거 업체가 시멘트 무더기와 고철들을 던져도, 타지의 생선 도매상이 상한 해산물들을 쏟아내도, 호수는 늘 마찬가지로 맑게 빛났다. 사람들이 지저분한 것들을 버려도 호수는 변함없이 아늑했고, 그들은 그곳에서 많은 이야기를 나눴다. 진하는 자신이 그렇게 말이 많은 사람이었다는 사실을 처음 깨달았다. 자신 안에 그리 무수한 이야기가 담겨 있었다는 사실도. 그는 스스로도 몰랐던 감정들을 나루와 대화하며 깨우쳤고, 그것은 나루도 마찬가지였다.

☾

●●●●((

계절이 여러 번 바뀌었다. 그동안 진하는 한겨울에 아이스크림을 즐기게 됐고, 나루도 그냥 콜라가 아닌 제로 콜라를 선호하게 되었다. 둘은 서로와 닮아갔다. 가끔 시내에 나가 청년회장의 치킨집을 갔고, 방학에는 더 먼 도시로 놀러 가기도 했다. 학교에는 여전히 별다른 친구가 없었지만 괜찮았다. 주기적으로 반복되는 덩치의 시비는 이벤트에 불과했다. 그리고 진하는 여전히 새벽마다 꿈인지 현실인지 모를 호수의 괴물을 목격했다.

한번은 엄마에게 이야기한 적이 있었다. 저 호수는 좀 이상하다고. 무언가를 사라지게도 하고, 또 무언가 기어 나오기도 해. 그렇게 호수의 불길함에 대해 얘기하자 엄마는 말했다.

"그냥 이상한 건 없어. 사소한 우연과 우연이 만나 이상하게 보이는 것이지. 무엇이든지 존재하는 데에는 쓸모와 이유가 있는 거야. 저 호수도 그렇고…"

그러고는 커피를 비운 후 중얼거렸다.

"그렇게 믿어야 해."

그즈음부터 엄마는 이상했다. 아빠가 오래간만의 짧은 휴가를 보내고 해외로 장기 출장을 가게 된 이후로,

☾

엄마는 매일같이 술을 마시다 잠들었다. 진하가 집 안의 술을 모조리 호수에 가져다 버린 날이면 방에 틀어박혔다. 새벽에 바닥이 쿵쿵 울리도록 복도를 맴돌기도 하고, 밤새도록 창밖의 호수를 노려보기도 했다. 엄마는 불안해 보였다. 그리고 '그날'이 되기 두 달 전부터, 엄마는 집에 거의 들어오지 않았다.

진하는 엄마와 아빠가 일하는 연구소에 대해서는 아는 게 거의 없었다. 친환경 생체 에너지 연구팀, 레드 레벨 보관 및 후처리에 관한 연구, X-4안 최종 발탁, 대표 책임자. 그들의 명함과 보고서에서 엿본 말들이지만 정확히 무엇을 뜻하는지는 알 수 없었다. 대기업의 지원으로 돌아가는 곳임에도 전혀 다른 이름의 간판을 내걸었다는 것과, 산하의 타 연구소와는 다르게 연구 단지 안에 위치하지 않았다는 것으로 추측했을 때 그다지 당당하지 못한 시설이었다고 가늠했을 뿐이다.

중학생 시절의 끝자락을 앞둔 가을이었다. 엄마가 일하는 연구소에 큰불이 났다. 담배꽁초 때문에 일어난 사고라고 했다. 날이 건조한 탓에 불은 쉽게 잡히지 않았고, 완전히 진압하는 데만 꼬박 하루가 걸렸다. 다행히 모두 제때 대피해 죽은 사람은 없었다. 세상이 멸망할 것

☾

처럼 하늘이 온통 시커멓게 물들었고, 불길이 높이 치솟았다. 마을 전체에 매케한 연기가 가득했으며 머리를 어지럽게 하는 화학약품 냄새가 진동했다.

그때도 진하는 나루와 함께 있었다. 나루와 함께 연구소를 집어삼키는 불을 보았다. 심장이 빠르게 뛰었다. 화재 직후에 엄마한테 자신은 괜찮다는 연락이 오긴 했지만, 어째선지 안심할 수가 없었다. 전날 밤에도 호수의 괴물을 보았다. 이번에는 머리가 둘이었다. 진하가 입술을 뜯자 나루가 그 손을 잡으며 물었다.

"어젯밤에 본 괴물 때문에 그래?"

"응."

"걱정하지 마. 아무리 괴물이라도 물속에선 담배를 못 피울 테니까."

그리고 그 상상이 재밌는 듯 환하게 웃었다. 그 웃음을 보고 진하도 약간 웃었다.

나루가 저렇게 큰불은 처음 본다고 말했다. 그건 진하 역시 마찬가지였다. 불은 잦아들기는커녕 점점 더 크게 타올라서, 언젠가는 이 세상 전체를 태울 수도 있을 것 같았다. 무슨 일이 벌어지려 한다는 직감이 들었다. 하지만 그게 무엇인지 알 수 없었고, 안다고 해도 자신이 할 수 있는 건 아무것도 없을 것 같았다. 저 불이 자신의 기분을 조종하는 것 같았다. 그렇게 함께 구경을 하던 중, 나루가 힘을 주어 진하의 손을 잡았다.

진하는 고개를 돌려 나루를, 나루의 눈에 담긴 불길을 보았다. 커다란 불이 일렁이는 눈동자를 마주하자 아주 찰나, 무엇이든지 견딜 수 있을 것 같은 기분이 들었다.

엄마에게 전화가 걸려 온 건 바로 그때였다.

"오늘은 집에서 자지 마. 택시 불러줄 테니까 시내로 가. 숙소 잡아뒀으니까."

엄마는 다짜고짜 통보했다. 사방에서 엄마를 부르는 소리가 수화기 너머까지 들려왔다. 정말 괜찮은 게 맞냐고 물었지만 엄마는 빨리 시내로 가라는 말만 반복할 뿐이었다.

"꼭 시내에서 자야 해? 그냥 친구네 집에서 잘게."

"친구 누구?"

"나루."

"나루? 호숫가 근처 파란 지붕 사는 애?"

나루가 어디 사는지까지 알았던가? 엄마는 잠시 말을 고르더니 말했다.

"오늘은 엄마가 하라는 대로 해."

그러고는 다시 연락하겠다는 말을 남기고 멋대로 전화를 끊었다. 반발심이 고개를 들었다. 평소에는 자신이

☾

어떻게 지내는지조차 관심 없어 하더니. 어느 날 갑자기 낯선 마을에 뚝 떨어뜨려 놓고는 제대로 된 대화 한 번 나눈 적이 없었다. 그 공백을 메워준 건 나루와 나루네 집의 온기였다. 나루가 허락을 받았냐고 물었고, 진하는 그렇다고 답했다.

"그럼 집에 가자. 수수 밥 줘야 해."

진하는 고개를 끄덕였다. 둘은 인파에서 나와 마을로 향했다.

마을은 적막했다. 청년회장이 불길 잡는 걸 돕는다며 젊은 사람들을 끌고 나간 데다, 대부분의 사람들이 불을 구경하는 탓이었다. 꼭 이 세상이 아닌, 다른 차원의 공간 같았다. 스산할 만큼 고요한 거리를 걸으며 진하는 나루에게 부모님께 쌓인 감정들을 털어놓았다. 그들이 정말 자신을 사랑하기는 하는지 모르겠다고. 이럴 거면 도대체 왜 낳은 건지 이해할 수가 없다고. 나루는 가만히 진하의 이야기를 들었다. 묵은 감정들을 쏟아내자 약간은 후련해졌지만 곧 쓸데없는 소리를 했다는 후회가 밀려들었다. 나루 앞에서는 항상 말을 너무 많이 하게 된다. 평소와 다르게 나루가 장난스레 받아치거나 대꾸하지 않자 진하는 점점 초조해졌다. 그리고 푸른 지붕

이 보이기 시작했을 때, 나루가 멈춰 섰다. 진하를 바라보며, 나루는 자신이 호수에 버린 시계에 대해 말하기 시작했다.

●●❮❮❮

　나루는 시계를 버리기로 처음 마음먹은 날, 호수 앞에 서서 생각했다. 아빠는 이걸 깜빡 두고 간 것일까, 일부러 남기고 간 것일까, 그것도 아니라면 그냥 버린 것일까. 첫 번째는 아닐 것이다. 그는 이 시계를 무척 아꼈으니까. 세 번째라고는 믿고 싶지 않았다. 그럴 리 없었다. 그래서 두 번째라고 믿고 지냈다. 편지 한 장 남기지 않고 사라진 아빠가 보내는 어떤 메시지일 것이라고. 그래서 아빠의 흔적을 지우는 데 온 신경을 쏟는 엄마의 눈을 피해 시계를 숨겼다. 아빠가 돌아올 거라고 믿었으니까. 나루는 아빠가 언제고 돌아온다면, 시계를 풀어 손목에 감아주겠다고 다짐했다.

　하지만 해가 바뀌도록 아빠는 돌아오지 않았다. 엄마는 생계를 이어가기 위해 일을 늘렸으며, 치솟는 집세에 이사를 반복했다. 집은 매번 작아졌다. 불이 꺼진 집에서 혼자 라면을 끓여 먹는 게 익숙해질 무렵, 엄마는 또 한

☾

번 이사를 통보했다. 이번에는 함께가 아닌 따로였다. 엄마는 새로 이직한 지방 회사의 기숙사로, 나루는 그곳에서 차로 꼬박 세 시간 사십 분이 걸리는 외할머니의 집으로. 이런저런 현실적인 부분들을 고려한 결과라며 엄마는 말했다. 새집을 구하기엔 월세든 전세든 너무 비싸단 게 첫 번째 이유였고, 이제 곧 사춘기에 접어들 나루를 혼자 둘 수는 없다는 게 그 두 번째 이유였다.

"엄마도 주말마다 나루 보러 갈 거야. 요새 그러는 집들 많더라."

나루는 낯선 곳에서 엄마와 떨어져 살아야 한다는 사실이 싫었지만 엄마의 말은 제안이 아닌 통보라는 걸 알았고, 엄마를 힘들게 하고 싶지 않았으므로 떼쓰지 않았다. 그렇게 이 호수 마을의 일원이 되었다.

빠르게 이사를 마친 밤, 기역 형태 주택의 아랫방을 쓰는 나루는 새벽에 마루에서 들려오는 소리에 잠에서 깼다. 엄마와 할머니가 마루에서 술을 마시고 있었다. 문을 열자 찬바람과 함께 술기운 섞인 대화 소리가 흘러들었다. 엄마는 아빠 욕을 했다. 별다를 것 없는 일이었다. 엄마는 이사 오기 전에도 자주 술을 마셨고 자주 아빠 욕을 했다. 그가 사업장에서 만난 어린 여자애와 새살림을 차렸다고 했다. 두 사람 사이에 애가 생겼다고도 했다.

조예은

이건 낯선 이야기였다. 나루는 가방에 든 시계를 떠올렸다. 계속 외면해 오던 사실을, 어렴풋이 짐작했으나 부정하고 싶었던 사실을 인정해야만 했다. 아빠는 돌아오지 않을 것이다. 그는 시계를 남긴 것이 아니라 적선하듯 버렸다는 것을, 한때 소중했지만 결국 버려진 시계와 자신은 같은 처지라는 것을, 지금껏 찾으러 오지 않은 것처럼 앞으로도 찾으러 오는 일은 없다는 것을 인정해야 했다. 나루는 아빠에게서, 그와 함께한 행복하게 미화된 기억으로부터 도망치고 싶었다. 그를 자신의 삶에서 지워버리고만 싶었다. 그때 오래전에 할머니가 해준 호수 이야기가 떠올랐다. 이곳 마을 사람들은 지우거나 버리고 싶은 게 있을 때 호수로 간다고.

엄마와 할머니가 술에 취해 잠든 늦은 새벽에 나루는 시계를 던지기 위해 호수로 향했다. 하지만 차마 던지지 못했다. 아깝다거나 미련이 남아서가 아니었다. 이 시계를 시작으로 앞으로 얼마나 많은 것을 이 호수에 던지게 될지, 그 불확실한 미래가 두려워서였다. 그는 아무것도 던지지 못하고 돌아섰다. 대신 돌아오는 길에 어디서부터 따라왔는지 모를 손바닥만 한 새끼 고양이를 한 마리 주웠다. 그 작은 짐승을 마당 안쪽으로 들이고 수수라는 이름을 붙였다. 마침 눈앞에 보인 마른 옥수수에서 따온

☾

돌아오는 호수에서

이름이자 호수의 '수'를 두 번 반복한 것이기도 했다.

　나루는 그 뒤로 마을 사람들이 그랬듯이 많은 것을 호수에 버리며 자랐지만, 매번 시계를 버리는 데에는 실패했다. 한 살 한 살 먹을수록 버려야 하는 건 많아졌다. 학교 성적표라거나, 보호자를 데려오라는 가정통신문, 진로 계획서, 엄마에게 차마 보내지 못했던 편지, 청소를 하다 발견한 어렸을 적 가족사진 같은 것들.

　시간이 흐를수록 엄마가 나루를 만나러 오는 주기는 점점 길어졌다. 대신 옷과 물건들이 택배로 보내졌다. 할머니는 나루에게 엄마를 이해시키려 했고, 나루 역시 엄마를 이해하려 했다. 그리고 두 달 만에 엄마를 마주했을 때, 나루는 어렴풋이 알 수 있었다. 엄마의 목에 걸린 새 목걸이와 전보다 밝아지고 생기가 생긴 얼굴을 통해. 자신은 커갈 테고, 엄마는 자신에게 매여 있는 삶에서 벗어나고 싶어 하리라는 사실을, 엄마를 웃게 해주는 다른 사람이 있다는 사실을 말이다. 아주 약간 다행이라는 생각이 들었고, 그보다 큰 두려움과 배신감이 밀려들었다. 나루는 엄마, 아빠와 함께 찍은 유일한 가족사진과 시계를 챙겨 호수로 향했다. 이제 정말 누군가에게 기대하는 일은 그만하고 싶었다.

　"그날, 너를 만난 거야."

☾

이야기를 끝낸 나루가 파란 대문 앞에 멈춰 섰다. 진하는 나루의 비장하기까지 한 눈을 바라보았다. 머리카락과 마찬가지로 동공이 옅했다. 나루는 빨갛게 달아오른 진하의 귀에 무어라고 속삭인 뒤, 뺨에 입을 맞췄다.

"그러니까 넌 나를 절대 배신하면 안 돼."

나루가 진하의 뺨에 닿았던 입술을 떼던 바로 그때였다. 호숫가로 이어진 길에서 튀어나온 승용차가 먼지를 일으키며 급정거했다.

● ((((

엄마가 창백한 얼굴로 진하의 손목을 잡아끌었다. 핸드폰을 보니 부재중 전화가 다섯 통이 넘었다.

"빨리 따라와."

"싫어. 나루네에서 잘 거야. 도대체 왜 그러는데?"

"하라는 대로 좀 해!"

"도대체 왜 그러는지 알려줘야 할 거 아냐!"

진하가 엄마의 손을 쳐내며 외쳤다. 엄마가 진하를 노려보았고, 진하는 그 눈빛에 담긴 어렴풋한 공포를 알아챘다. 엄마는 무엇이 두려운 거지? 문득, 이 상황이 이상하다는 생각이 들었다. 엄청난 규모의 연구소 화재와 불

☾

안해하던 엄마 그리고 텅 빈 마을. 호숫가로 향하는 비포장 길에 바퀴 자국이 선명했다. 엄마가 타고 온 차의 흔적이라기엔 폭이 훨씬 컸으며 그 수도 많았다. 순간, 뒷덜미가 뻣뻣해졌다. 갑작스레 옮겨붙은 불임에도 규모에 비해 사상자는커녕 다친 사람조차 없다. 마치 연구소가 불탈 것임을 알고 있었던 것처럼.

호수 안쪽에서 소리가 들려온 것은 바로 그때였다. 첨벙거리는 물소리. 뭔가가 호수에 빠지거나 튀어 오를 때 나는 소리였다. 진하는 이 소리를 들은 적이 있다. 그는 엄마를 밀치고 호숫가로 달리기 시작했다. 수백 번도 더 오간 길을 지나자 저 멀리 낯선 차량들이 보였다. 그 앞에 쌓인 흰 드럼통도 함께.

차는 총 다섯 대였다. 방역복을 입은 이들은 봉고차에서 꺼낸 드럼통을 호수로 부지런히 빠뜨리고 있었다. 드럼통에는 '위험, 주의'라고 적힌 마크가 선명히 박혀 있었고, 봉고차들은 번호판이 없었다. 어떤 건 뚜껑을 열고 호수에 들이붓기도 했다. 연이어 첨벙거리는 소리가 났다. 호수는 그것들을 거부하지 않고 차곡차곡 집어삼켰다.

"그래서…"

애초에 이곳으로 이사를 온 이유도. 그간의 불길했던

☾

징조들도 전부. 진하는 오리배에 등을 기대고 주저앉았다. 생각을 정리할 시간이 필요했다.

여러 의문을 제치고 가장 강렬하게 들었던 생각은, 몰라도 될 사실을 알아버렸다는 것이다. 나는 진실을 알고 싶었던 걸까, 그냥 반항을 하고 싶었던걸까? 어느 한쪽이라고 완전히 단정 지어 말할 수 없었다. 대단한 정의감이 드는 것도 아니었다. 지금 이 순간 느끼는 감정이 분노나 배신감이 아니라, 허무와 무력감, 후회라는 사실이 그 증거였다. 진하는 후회했다. 엄마의 손을 뿌리치고 이곳에 온 것을. 그냥 알려고 하지 말걸. 부모님이 뭔가 위험한 일에 얽혀 있다는 것도, 눈앞의 장면들도 모르는 게 나았다.

그때였다. 발치에 따뜻한 것이 닿았다. 내려다보니 고양이 수수가 발목에 머리를 비비고 있었다. 그리고 익숙한 목소리가 들려왔다.

"핸드폰 배터리 있어?"

언제부터 따라왔는지 나루는 잔뜩 숨을 몰아쉬고 있었다. 진하는 주머니를 뒤져 핸드폰을 꺼냈다. 배터리가 얼마 남지 않았다. 나루는 그것을 받아들고, 익숙하게 잠금을 풀더니 카메라를 켰다. 촬영 옵션을 동영상으로 설정한 그가 렌즈를 드럼통이 모인 곳으로 가져다 댔다.

☾

그리고 읊조리듯이 말했다.

"우린 목격자잖아. 언젠가 증거가 필요할지도 몰라."

사라지는 호수였다. 엄마가, 연구소가 어떻게 언제부
터 그 사실을 알게 되었는지는 알 수 없지만 지금 버리
는 것들 역시 호수는 조용히 삼켜낼 것이다. 내일도 호수
는 변함없이 맑을 테고, 그렇다면 눈앞의 일은 없는 일이
되겠지.

진하는 갈대들 사이에 꼿꼿이 선 나루를 응시했다. 좀
전에 보았던 연구소의 불이 떠올랐다. 엄청나게 큰 불.
가만히 보고만 있어도 무력감을 느끼게 하던 불. 그리고
불을 눈에 담던 나루. 진하에게 있어서 나루는 불길마저
삼켜버리는 호수 그 자체였다. 그는 뒤늦게 자신이 어떻
게 하고 싶은 것인지 생각했다. 많은 걸 바라지 않았다.
그냥, 지금처럼 나루와 함께하고 싶었다. 나루와 함께 호
숫가를 산책하고, 아이스크림과 제로콜라를 먹고, 고요
한 풍경의 한쪽에서 낮잠을 자고 싶었다. 단지 그뿐이었
다. 그는 나루를 따라 일어섰다. 액정 안에 드럼통을 던
지고 폐기물을 방류하는 모습이 고스란히 찍히고 있었
다. 진하는 핸드폰을 건네받고서 시야를 넓혀, 호수의 풍
경을 전체적으로 담기 시작했다. 함께 액정을 바라보던
나루가 별안간 소리를 낸 건 바로 그때였다.

☾

"어."

그와 동시에 호수를 살피는 진하의 시선 역시 어느 한 곳에 멈췄다. 둘은 같은 곳을 보고 있었다.

드럼통이 굴러떨어지는 지점에서 약간 비껴간 곳. 둥근 형체 하나가 그곳에 고요히 떠올라 있었다. 불과 몇십 미터 앞이었다. 그것은 꼭 물 위에 뜬 공 같기도, 한데 뭉친 수초 더미 같기도 했다. 나루가 형체를 손가락으로 가리키며 중얼거렸다.

"머리. 물속에서… 머리가."

새벽마다 물속에서 나타나는 머리. 호수에 사는 괴물.

호수에 홀린 듯했던 나루와 진하를 깨운 건 뒤늦게 갈대와 수풀을 헤치고 나타난 엄마였다. 샛길을 알지 못해 거친 나무와 풀을 헤치고 온 탓에 손등에 상처가 가득했다. 엄마가 거친 숨을 내쉬며 진하의 이름을 불렀다. 그의 시선이 손에 들린 핸드폰으로 향했다. 아차, 싶은 사이 순식간에 다가온 엄마가 진하의 손목을 붙잡고 핸드폰을 빼앗았다. 그가 피곤한 목소리로 말했다.

"찍어봤자 소용없어. 그냥 제발 얌전히… 얌전히 따라와."

그러고는 남은 한 손으로 얼굴을 감싸며 중얼거렸다.

"나도 이렇게까진… 정말 이렇게까진…"

☾

135

진하는 어떻게 해야 할지 몰랐다. 나루의 시선은 여전히 호수 어딘가를 향하고 있었다. 엄마에게서 다시 핸드폰을 뺏기 위해 팔을 뻗었지만 엄마가 몸을 돌리는 게 더 빨랐다. 핸드폰을 호수로 던지려는 찰나, 갑자기 행동을 멈추고 얼이 빠진 듯한 목소리로 물었다.

"저건… 뭐야?"

머리는 어둠 속에서 천천히, 하지만 분명하게 움직였다. 조금씩 물 밑에서 형체를 드러내더니, 머리와 머리 옆에 달린 두 개의 머리가 불쑥 솟아올랐다. 하나의 몸에 세 개의 머리가 달려 있었다. 진하와 나루, 엄마까지 그 괴이한 형체를 똑똑히 목격했다. 엄마가 서둘러 어디론가 무전을 걸었지만 응답은 없었다. 그것이 갑자기 속도를 내어 드럼통을 빠뜨리는 이들이 있는 쪽으로 나아가기 시작했다. 세 개의 머리가 함께 물 밑으로 사라졌다. 그리고 살을 저미는 듯한 고요가 찾아왔다. 셋 중 그 누구도 입을 열지 않았다. 고양이 수수만이 나루의 품에서 몸을 떨며 작게 울었다.

드럼통을 버리던 이들은 가져온 할당량을 다 끝낸 것인지 돌아갈 준비를 하는 것처럼 보였다. 가장 마지막에 남은 직원이 홀로 호숫가에 서서 담배를 피우고 있었다. 그때였다. 다시 첨벙, 하는 물소리가 들렸고 순식간에 물

(

속에서 뭔가가 높게 튀어 올랐다. 거대한 진흙 덩어리 같은 형체와 세 개의 머리. 뼈와 근육처럼 얽히고설킨 녹슨 쇳덩이와 검은 살점 그리고 수초들. 옆구리에 짐승의 이빨이 달렸고 눈은 과하게 컸다. 그것은 순식간에 직원에게 달려들어 얼굴을 집어삼켰다.

트럭과 직원들이 모여 있던 곳은 순식간에 아비규환이 되었다. 누군가는 소리를 지르며 도망가고 누군가는 트럭에 있는 소방용 도끼와 삽을 휘둘렀다. 괴물을 찍을 때마다 철벅, 하고 질척한 소리가 났다. 뒤늦게 정신을 차린 엄마는 진하와 나루의 손을 잡고 다짜고짜 뛰기 시작했다. 이 자리를 벗어나야 했다.

나루는 수수를 안고 뛰느라 몇 번이나 넘어졌다. 진하는 매번 돌아가 나루를 일으켰다. 그렇게 가까스로 차 앞에 도착했을 때였다. 진하가 먼저 조수석에 들어갔고, 나루가 뒷문을 열고 수수를 먼저 태웠다. 그리고 문을 닫았다.

"집에 할머니가 있어."

나루가 파란 지붕 집으로 뛰기 시작했다. 진하는 곧장 나루를 쫓아가려 했으나 문이 열리지 않았다. 엄마가 어디론가 전화를 거는 사이, 운전석으로 상체를 들이밀어

☾

조수석 잠금장치를 풀었다. 문이 열리자마자 엄마는 다급히 다시 문을 잠근 뒤 진하의 손목을 붙잡았다. 그 순간 쾅 하는 폭발 소리가 났다. 보조석 쪽으로 피투성이에 피부가 검게 변한 남자가 다가왔다. 남자가 문을 열어달라며 차창에 얼굴을 들이밀고 문을 마구 두드렸다. 심장은 미친 듯이 뛰는데 손끝 하나 마음대로 움직여지지 않았다. 남자는 얼마 지나지 않아 피를 뿜으며 쓰러졌다. 그 뒤로 할머니를 업은 나루가 보였다. 그리고 다가오는 회녹색의 괴생명체도. 차가 앞으로 나아가기 시작한 건 바로 그때였다.

저 앞에 나루가 있었다. 진하는 손잡이를 흔들었지만 역시나 차 문은 열리지 않았다. 엄마가 혼잣말을 중얼거리며 액셀을 밟았다. 차가 마을을 향해 달리기 시작했다. 진하는 창에 얼굴을 박고 나루를 향해 소리쳤다. 괴물이 멀어지는 만큼 나루도 멀어졌다. 괴물에게 달린 세 개의 머리 중 두 개는 날카로운 것에 의해 잘려 있었고, 마지막 하나 남은 머리만이 고개를 쭉 뺀 채 나루를 내려다보고 있었다.

더 이상 그들이 보이지 않게 되었을 때, 멀리서 철벅, 하는 소리가 났다.

🌙

진하는 품에 수수를 안은 채로 아침을 맞이했다. 간밤에 자신을 시내의 호텔에 떨어뜨려 놓고서, 엄마는 위험하니 꼼짝 말고 이곳에 있으라며 애원하듯 말한 후 어딘가로 떠났다. 전화를 해도 받지 않았다. 아빠도, 나루도 마찬가지였다. 호텔 창문 밖으로 바라본 하늘엔 더 이상 검은 연기가 피어오르지 않았다. 화재 진압을 마친 듯했다. 진하는 나루와 호수의 괴물을 떠올렸다. 나쁜 꿈을 꾼 것처럼 하나도 실감이 나지 않았다. 다시 엄마에게 전화를 걸었지만, 돌아오는 목소리는 없었다. 이어서 나루에게 걸려다가 이내 그만두었다.

그는 호텔 로비에 수수를 맡기고서 밖으로 향했다. 핸드폰은 배터리가 아슬아슬했다. 큰길에서 택시를 잡아타고 호수 마을로 향했다. 괴물을 맞닥뜨렸을 때 대처할 방법을 궁리했다. 나루를 노리는 괴물의 모습, 그리고 짐승의 것이 분명한 이빨과 까맣고 커다란 눈. 그는 서재에 걸려 있는 사냥총을 떠올렸다. 빠르게 지나가는 창밖 풍경을 노려봤다.

마을 외곽은 탄내가 가득했다. 탄내에 뒤섞인 미약한 비린내를 가장 먼저 눈치챈 건 청년회장이었다. 그는 새벽 내내 화재 현장을 돕고 돌아온 차였다. 물비린내 같

☾

139

기도, 피비린내 같기도 했다. 기분 나쁜 안개가 자욱했고, 곳곳의 나무와 풀들은 검게 메말라 있었다. 그를 따라 나갔던 마을 사람들도 곧 심상치 않은 분위기를 느끼고 우왕좌왕했다. 차에서 내린 그들은 일단 안개를 뚫으며 걷기 시작했다. 마을 초입에 있는 슈퍼 평상에 누군가 앉아 있는 게 보였다.

"거기 누구야?"

청년회장이 외치자 평상 위의 인영이 자리에서 일어나 다가왔다. 어째선지 점점 피 냄새가 진해지는 것 같았다. 인영이 다가올수록 청년회장은 조금씩 뒷걸음질했다. 금방이라도 바스러질 듯한 목소리가 말했다.

"구급차 좀 불러주세요…"

비틀거리는 인영의 정체는 나루였다. 피와 회녹색 진흙을 뒤집어쓴 채였다.

얼굴을 알아본 이들이 소리쳐 도움을 요청했다. 막 택시에서 내린 진하는 소리가 들리는 쪽으로 달렸다. 길에서 주운 삽을 하나 쥔 채로. 안개를 헤치며 마을 안쪽으로 향하자 한데 모여 있는 사람들이 보였다. 겁에 질린 듯한 청년회장이 바닥에 넘어져 있었고, 그 앞에 도끼를 든 나루가 서 있었다. 나루가 고개를 들어 진하를 바라봤다. 진하는 삽을 집어 던지고 뛰어가 나루를 안았다.

☾

나루는 그를 보고 눈을 두어 번 깜빡였고 이내 정신을 잃었다. 진하는 나루의 얼굴을 닦으며 중얼거렸다. 미안해. 정말 미안해… 내가 잘못했어.

●●●●‹‹

　나루가 살아남을 수 있었던 건 할머니 덕분이었다. 괴물이 덮쳐 온 걸 할머니가 나루를 껴안아 막았고, 이어서 호숫가에서 살아남았던 직원이 나타나 소방용 도끼를 휘둘러 괴물의 목을 잘랐다고 했다. 괴물은 회녹색 피를 흘리며 쓰러졌고, 순식간에 악취를 풍기며 썩어갔다. 진흙 같던 피부가 살점과 함께 바닥으로 흘러내린 후엔 깡통과 철근만이 남았다. 살아남은 직원과 할머니 그리고 나루는 무사히 병원으로 이송되었지만 괴물에게 공격을 당한 할머니는 끝내 숨을 거두었다. 병원 텔레비전에서는 실시간으로 속보가 떴다. 나루의 집 근처와 호숫가에 펼쳐진 끔찍한 현장을 비췄다. 혼란한 렌즈 너머로 익숙한 얼굴이 스쳐 지나갔다.
　분명 마을 인파에 밀려 사라진 저 사람은 엄마였다. 엄마에게 전화를 걸려는 찰나, 별안간 쿵 하고 진동하는 소리가 울려 퍼졌다. 누워 있던 사람들이 한데 일어나 주

☾

변을 두리번거렸다. 그리고 또다시 쿵. 저 멀리 호수 방향에서, 또 생방송 중인 텔레비전 안에서 나는 소리였다. 그와 동시에 뉴스 화면이 크게 흔들렸다. 지진이라도 난 것처럼 바닥의 진동 또한 오래도록 가시지 않았다. 바닥이, 세상이 뒤집히려는 것만 같았다. 진하는 이제 완전히 넘어진 것인지, 카메라맨이 카메라를 버리고 도망간 것인지, 비틀어진 각도로 호수를 비추는 텔레비전을 바라보았다.

쿵, 첨벙.

소리는 계속해서 들려왔다. 핸드폰이 진동했다. 액정에는 단 여섯 글자가 떠 있었다. 그리고 그 순간, 텔레비전 화면 안에서 엄청난 물소리와 함께, 낯선 형체가 나타났다. 정체 모를 그것이 카메라를 밟았고, 화면은 어둠에 잠겼다. 진하는 병실 블라인드를 올리고 밖을 바라보았다. 호수가 있는 방향을. 그리고 믿을 수 없는 장면을 목격했다. 호수에서 일어난 거대한 덩어리 같은 형체가, 호수를 둘러싼 산보다도 높은 괴물이 우뚝 솟은 채로 큼지막한 눈알을 굴리는 것을.

어디선가 화재경보기가 울리기 시작했고, 사람들은 도망갈 생각조차 하지 못한 채 창가에서 괴물을 홀린 듯이 바라보았다. 진하는 창가를 보고 있던 나루 옆으로 다가

☾

142
조예은

갔다. 한쪽 눈에 붕대를 감은 나루가 알 수 없는 표정으로 진하를 마주 보았다. 문득 어떤 예감이 들었다. 지금 나루의 표정을 아주 오랫동안 곱씹게 될 것 같다는 예감이. 바닥이 한 번 더 진동했고, 나루가 손을 내밀었다.

둘은 종말이 다가온 창밖을 보며 함께 손을 잡았다.

13년 후

일주일하고도 사흘 만에 녹색 빛 물안개가 걷히자 투명하게 빛나는 호수의 표면이 드러났다. 막 잠에서 깨어난 진하는 딱딱해진 주먹밥을 씹으며 창가에 앉았다. 주먹밥은 심부름꾼 꼬마가 울타리 바깥에 몰래 두고 간 거였다. 먹을 것이 다 떨어졌으니 밖에 한번 다녀올 때가 되긴 했다. 온도 차 때문에 서리가 낀 창을 장갑 낀 손으로 문질러 닦자 어제와는 다르게 제법 화창한 풍경이 눈에 들어왔다.

호수가 그것을 뱉어낼 때가 되었는데.

진하는 홀로 중얼거리며 잔물결조차 일지 않는 호수의 표면을 집요하게 응시했다. 마지막 주먹밥을 입 안에 욱여넣고 생수병을 집어 들었을 때였다. 거울같이 고요하던 표면에 미동이 일었고, 진하는 그 울렁임을 놓치지 않았다. 호수의 정 중앙에서 20미터가량 떨어진 지점이었다. 안쪽에서 무언가가 크게 숨을 들이쉬는 것처럼 기포가 부글거렸다. 얼마 지나지 않아 기포가 핀 동심원 밑으로 거무스름한 형체가 잡혔고, 형체는 호숫가 방향으로 나아가기 시작했다. 진하는 벽에 걸어두었던 방독면을 착용한 뒤 총구가 긴 사냥용 마취총을 챙긴 채 문을 나섰다. 거무튀튀한 덩굴과 잡초가 무성한 오솔길을 내려가자 잘게 일렁이는 호수의 가장자리가 보였다. 그리고 그 안에서 기어 나오는 진녹색의 형체도 함께.

이족 보행 인간형. 크기는 성인 남성만 하다. 190센티미터쯤 될까. 가까이서 본 그것은 그림자로 어림잡았던 것보다 더 덩치가 컸다. 무엇보다, 혹처럼 불쑥 솟은 머리와 그 중앙에 박힌 눈동자를 본 순간 진하는 좀 전까지 요동치던 심박 수가 원 상태로 돌아오는 걸 느꼈다. 방아쇠를 쥔 손끝이 차갑게 식었다. 인간형이지만 눈동자는 짐승의 것이다. 추가로 달린 머리가 없으니, 저건 나루가 아니야.

그는 사냥총에 장전된 게 마취제가 맞는지 다시 한번 확인한 뒤, 개머리판을 어깨에 견착했다. 안전장치를 풀자 달칵거리는 소리가 났다. 기척을 느낀 형체가 진하가 선 방향으로 몸을 돌렸고, 거대하고 까만 눈알이 빠르게 회전하다 진하를 직시했다. 괴물이 입을 벌리며 괴성을 내지르는 그 순간, 진하는 방아쇠를 당겼다. 마취제가 든 탄환이 한 치의 오차도 없이 괴물의 검은 입 안으로 날아가 박히자 괴물은 쇳소리를 내며 진녹색 진흙으로 뒤덮인 몸을 비틀었다. 쇳소리가 귀를 긁을 때마다 방독면 너머로 지독한 화학약품 냄새가 났다.

적지 않은 몸집 때문인지, 바다 건너에서 코끼리를 잡을 때 썼다는 강력한 마취제였음에도 괴물은 단숨에 쓰러지지 않고 한참을 몸부림쳤다. 진하는 바닥에 널브러진 그것 앞으로 다가가 한 발을 더 쏘았다. 괴물은 얼마 지나지 않아 완전히 의식을 잃었다. 진하는 그것이 더 이상 움직이지 않는 걸 확인한 후에야 탄창을 바꿔 끼었다. 이번에는 마취제가 아닌 실탄이다.

그리고 괴물의 바로 옆에 숙이고 앉아 그것을 이루고 있는 것들을 훑었다. 몸을 감싼 끈적한 진흙 같은 진녹색 막을 걷어내자 괴물의 형태가 더 선명히 드러났다. 한때 인간을 이루었던 뼈, 장기, 살점과 녹슨 기계의 부품이 마구 뒤엉킨 채로 기이한 생체를 이뤘다. 그런가 하면 머리에는 짐승의 것이 분명한 까맣고 커다란 눈과 엄지손가락만 한 이빨이 자리하고 있었다. 진하는 괴물의 몸을 뒤집어 가며 신체를 샅샅이 훑었지만 딱히 특별한 것은 찾아볼 수 없었다.

"허탕이네."

오랜만에 나타난 인간형이라 설렜는데. 하지만 괜찮았다. 기대가 부서지는 건 너무 당연한 일이었으니까. 그는 이제 더 이상 기대하지 않았다. 이제는 관성이 되어버려 해야 할 일을 하는 것뿐이었다. 그는 총을 괴물의 얄팍하게 오르내리는 심장부에 가져다 대었고, 이내 방아쇠를 당겼다. 강렬한 파열음과 함께 괴물의 가슴팍이 산산이 조각났다. 괴물의 검은 피와 살점이 사방에 엉망진창으로 튀었다.

호수에 의해 조악한 생명을 얻어 움직이던 괴물은 곧 녹색 아지랑이와 함께 빠른 속도로 부식되기 시작했다. 살과 근육은 썩고 뼈와 쇳덩이들만이 남을 것이다. 남은 것들은 한데 모아 울타리 입구에 내놓아야 했다. 그럼 2주에 한 번씩 오는 공무원들이 재활용할 수 있는 것만 골라 수거해 갔다. 포대 자루를 챙겨 오기 위해 뒤돌았을 때였다. 파헤쳐진 상체에 간신히 매달려 있던 괴물의 팔이 진하의 발목을 붙잡았다. 진하는 발을 털어 떼어내고 괴물의 상반신을 바라보았다. 괴물은 입을 뻐끔거렸다. 그는 좀 더 가까이 다가가 괴물의 마지막 소리에 귀를 기울였다. 귀를 긁는 쇳소리에 드문드문 알아들을 수 있는 단어가 섞여 있었다.

"호수... 가게... 그믐. 버려, 버려..."

어딘가 익숙한 쇳소리 섞인 음성과 거대한 체구. 그리고 가게. 분명 기억 속에 존재하는 인물이었다. 진하는 묵은 기억을 뒤져 괴물의 과거를 건져 올렸다. 시내에서 치킨집을 하던 청년회장 김씨. 근방의 유일한 치킨집이었던 탓에 나루와도 종종 치킨을 먹으러 가곤 했다. 언젠가, 김씨는 치킨 무가 든 접시를 던지듯이 내려놓으며 우리에게 본 걸 말한다면 죽여버린다고 협박했었지. 나루는 자기 입을 다물게 하고 싶으면 다리나 두 개 더 달라 대꾸했었고.

진하는 괴물의 썩어가는 눈을 바라보며 속삭였다.

"억울해할 거 없어. 이제 쉬어."

그는 자리에서 일어나, 이제 어떤 생체 반응도 없는 괴물을 가만히 내려다보았다. 그것에게서 뿜어져 나온 유독가스와 병균으로 땅이 까맣게 썩기 시작했을 때, 그는 사냥총 개머리판으로 머리를 있는 힘껏 내리쳤다. 고작 파삭하는 소리와 함께 산산이 바스러진 괴물의 머리 안쪽으로 무언가 반짝였다.

호수의 괴물은 살아 있을 때보다 죽었을 때 더 위험하다. 그날, 살아남은 마을 사람들을 반 넘게 죽인 것도 바로 죽은 괴물에게서 뿜어져 나오는 유독가스와 기형 바이러스들이었다. 그는 방독면을 단단히 고쳐 쓰고서 괴물의 깨진 머리를 헤집었다. 검은 수초와 살점에 엉긴 물건을 단숨에 쥐어 잡아 뜯었다. 손에서 끔찍한 악취가 났다. 이제 이 장갑은 못 쓰겠군. 혼잣말을 중얼거리며 물건의 정체를 확인한 그의 눈동자가 얼핏 흔들렸다.

괴물의 머리 안쪽에 박혀 있던 그것은 시계였다. 숫자마다 보석이 박힌 샛노란 시계. 진하는 이 시계를 호수에 버린 사람을 안다.

● ❨ ❨ ❨ ❨

시계를 챙겨 호숫가 집으로 돌아온 그는 얼마 남지 않은 생수 한 통과 소독제를 털어 시계를 닦았다. 온전한 형태가 드러날수록 그것이 기억 속의 시계가 맞다는 확신이 커졌다. 그는 나루가 호수에 버렸던 시계를, 괴물의 일부가 되어 다시 돌아온 시계를 오랫동안 바라보았다. 이제 시계의 주인은 더 이상 이곳에 없지만 괜찮다. 시계가 돌아왔다는 건 나루 역시 곧 돌아올 것이란 뜻이었으니까. 진하는 이 기약 없는 기다림이 끝나는 날을 상상했다. 나루의 얼굴은 희미해진 지 오래였으나, 시계를 한눈에 알아보았듯이 그 역시 단번에 알아볼 것이란 믿음이 있었다. 그러니 오늘은 오늘의 일을 해야 한다. 그는 창고에서 포대 자루 하나를 챙겼다. 괴물을 처리하고 삼십 분가량이 흘렀다. 이 정도면 부패가 다 진행되었을 것이다. 사냥총을 어깨에 메고 다시 방독면을 착용한 그는 포대를 들고 나가 괴물이 죽은 자리에 섰다. 빠르게 부식한 그것은 이미 뼈와 쇠를 드러내고 있었고, 진하는 소독약과 락스를 통째로 뿌린 뒤 적당한 것을 골라 포대 자루에 넣었다.

마을에서 호수 지기를 하게 된 지도 10년째였다. 나루가 사라진

지는 13년쯤 되려나. 호수에서 괴물이 솟아난 그날 이후, 괴생명체가 훑고 간 지역과 근방은 모조리 특수 위험지역으로 지정되었다. 오랜 시간 호수에 버려지고 쌓인 것들이 모여 생겨난 괴물은 죽을 때 온갖 유독가스와 병균을 퍼뜨렸고, 수만 명의 사람이 죽었다. 병균과 가스는 멀리멀리 퍼져 나가 나라의 일부는 죽은 땅이 되었다. 그리고 진하가 하는 일은 이 죽은 땅의 한가운데에 있는 호수에서, 호수가 종종 뱉어내는 기이한 생명을 처리하는 일이었다.

무영호. 오래전에 호수의 이름이다. 호수가 언제부터 그것들을 뱉어냈는지는 정확히 알 수 없지만, 도서관 신문에 남은 1970년 대의 사건 기록과 꾸준히 현장 답사를 했던 D대 교수의 비공개 논문을 종합해 보았을 때 당시 근방의 연구 단지에서 방류하고 버린 고농축 폐기물과 방사능 농도가 짙은 핵폐기물들이 호수의 본래 능력에 어떤 작용을 더했다고 추측은 할 수 있었다. 연구 단지 일부가 미허가 고위험 폐기물 처리소였다는 것은 한참이 지나서야 발표된 사실이다. 처리소의 책임자였던 J 소장은 '그날' 발생한 실종자 중 한 명이었고, 그에 따라 호수를 새로 관리할 사람이 한 명 필요했다. 진하가 이 일에 지원한 건 나루가 사라지고 1년 후였다. 진하는 이곳에서 기다렸다, 저 호수에서 걸어 나오는 나루를 다시 만나기를.

조예은

울타리 근처 수거 장소에 도착하니 저번에 신청한 새 옷과 장갑, 생필품과 방독면들이 놓여 있었다. 이번에도 주먹밥 서너 개와 오렌지 주스가 함께 있었다. 외출 신청을 하고 마트에 다녀오면 된다고 했는데도 항상 이랬다. 진하는 포대 자루를 아무렇게나 던져놓고 물건들을 챙겨 집으로 돌아왔다. 소리가 나게 문을 닫자 늙은 고양이 수수가 침실에서 느리게 걸어 나와 인사하듯이 울었다. 수수는 이제 진하의 머릿속에 남은 나루의 마지막 모습과 거의 비슷한 나이였다. 진하는 수수의 밥그릇에 사료를 쏟고 다시 창가 의자에 앉았다. 팔을 뻗어 오늘 주운 시계를 오른쪽 손목에 감았다. 창밖의 호수는 고요히 자리했고, 진하는 오늘도 그 맑은 표면을 집요하게 응시했다.

3

슬프지 않은 기억칩   문보영

"

기억을 장난감처럼
가지고 놀자.

"

●●●＜＜＜

　이름은 일종의 주술이다. 사람들은 아직 태어나지 않은 아이에게, 혹은 갓 태어난 아이에게 이름을 지어준다. 사라-17이 보기에 그건 북상하는 태풍에 이름을 붙이는 것과 같았다. 그것이 무엇인지도 잘 모르면서 사람들은 이름을 붙인다. 별 관련도 없는 메기, 날개, 장미와 같은 이름을. 태풍은 어이가 없을 것이다. 하지만 태풍이 언제 장미라는 이름을 가져보겠는가? 대상에 대해 잘 모르면서 이름 짓기, 본질과 상관없는 별명 짓기, 무관한 두 대상을 연결하기. 사라-17이 생각하기에 그것은 일종의 작은 파티였다. 인간답지 않아서 아름다운. 이름이란 예감이자 소망이다.

　그것은 사라-17이 자신의 기억칩을 관리하고 보존하

는 일과도 유사했다. 왼쪽 겨드랑이 아래에 있는 검지 손톱 크기의 기억칩은 단자 커버 아래 안전히 보관돼 있다. 직접 본 적은 없지만 사라-17은 기억칩이 거기 있다는 것을 느낄 수 있었다. 기억칩 덕분에 사라-17은 만들어진 순간부터 유년의 기억이 있었다. 이손이라는 소녀의 어릴 적 기억이었다. 사라-17은 아이가 바라본 세상을 공유했다. 그러나 감쇠기 때문에 로봇의 기억은 인간의 것과 같이 마모되고 변형되며 흐릿해지기 때문에 사라-17은 메모를 했다. 겪어보지 않은 과거에 관해. 내 것이 아닌, 타인의 과거에 관해. 그건 자기 안에 사는 낯선 존재를 향해 끊임없이 질문을 던지는 것과 같았다. 남의 기억을 마음속에 너무 오래 품으면 그 기억은 누구의 기억도 아니게 된다. 혹은 모두의 기억이 되거나.

사라-17은 자신과 같은 기억칩을 가진 로봇들과 공동 기억을 빚는 모임에서 자신의 메모를 읽곤 했다. 공동 기억을 만드는 것은 하나의 책을 같이 읽고 토론하는 것과 유사했다. 같은 기억칩을 가지고 있어도 그들은 저마다의 해석과 감정을 부여하며 서로 다른 유년을 경험했다. 기억 모임의 사라-17들은 편집되었거나 흐려진 기억을 다른 로봇의 기억으로 메우기도 했다.

문보영

병동에서 에이미라 불리는 의료 로봇 사라-17은 당직실에서 충전을 하고 있었다. 새벽 세 시경 코드 블루가 터졌다는 방송이 나오자 에이미는 충전선을 뽑고 물품실로 달려갔다. 용품들이 가지런히 정리된 물품실에서 인간의 몸에 맞게 유선형으로 제작된 자동 흉부 압박기인 루카스를 찾았고, 등받이와 배터리, 압박 장치, 고정끈, 패드형 운반 백 등을 챙긴 뒤 물품실을 나갔다.

심정지가 발생한 환자는 며칠 전 교통사고로 응급실에 내원했다가 중환자실로 옮겨진 오십 대 남성이었다. 그는 오늘 아침에 에이미가 직접 채혈한 환자이기도 했다. 내과 레지던트 하진은 두 손을 포개 환자의 가슴을 압박했고, 인턴 성미는 앰부를 짰다. 심전도와 맥박은 진전이 없었고 갈비뼈는 부러진 데다가 앰부를 짤 때마다 환자의 입에서 피가 튀었다. 하지만 의사는 보호자가 그만하라고 하기 전까지는 멈춰선 안 된다. 의사들이 흉부를 압박하는 동안 에이미는 루카스를 가까이 가져갔다. 성미가 손을 떼는 동시에 에이미는 환자의 흉부에 루카스를 장착했다. 쿵쿵쿵쿵. 푹푹푹푹. 루카스가 왕복 30킬로그램의 힘으로 환자의 가슴을 압박할 때마다 환자의 아랫배가 볼록 튀어나왔다.

"이건 아니잖아! 기계는 너무하잖아!"

늦게 도착한 보호자는 육중한 기계가 남편의 가슴을 사정없이 누르는 장면을 보며 비명을 질렀다.

기계는 너무하잖아. 에이미는 언젠가 기억 모임 회원들과 이 말에 관해 얘기를 나눠보면 좋겠다고 생각했다. 에이미는 루카스를 빼내고, 환자의 가슴을 직접 압박했다. 에이미는 생각했다. 사람의 가슴을 사람이 압박하는 것과 기계가 압박하는 것은 어떤 차이가 있는지. 루카스는 일정한 강도로 꾸준히 압박할 수 있다. 반면 사람은 힘이 일정하지 않고, 일 분만 해도 힘이 빠져서 교대로 가슴을 압박해야 한다. 그럼에도 사람은 사람이 가슴을 압박하길 바란다. *사람들은 오래 지속될 수 없는 힘을 믿는 걸까.* 에이미는 환자의 가슴을 압박하며 생각했다.

"얼마나 됐어요?"

"한 시간 반 정도요."

에이미는 대답했다.

"이제 그만해 주세요."

보호자는 손으로 남편의 피를 닦으며 그의 머리를 쓰다듬었다.

"미안해… 미안해… 내가 너무 늦게 왔어."

☾

에이미는 당직 의사를 불러 사망 선고를 부탁했다. 사망 선고는 병동에 갓 들어온 인턴도 할 수 있다. 하지만 법적으로 로봇은 사망 선고를 할 수 없다. 반면, 로봇이 하는 수술은 인간이 하는 수술보다 수술비가 10배나 비싼데도 사람들은 로봇의 손을 선호한다. 인간의 손보다 오차가 없고 정교하기 때문이다. 하지만 사망 선고는 인간이 하길 바란다. 환자의 피를 뽑고 아침에 드레싱을 한 것은 에이미였고 마지막까지 CPR를 한 것도 에이미였지만 사망 선고는 에이미가 할 수 없다.

심장은 멈췄지만 그는 아직 서류상으로는 죽지 않았다. 의사가 사망 선고를 하러 오는데 엘리베이터가 멈춰서 지체되면 환자는 그만큼 더 늦게 죽는 셈이다. 반대로 의사가 삼십 초 빨리 달려오면 삼십 초 일찍 죽은 게 된다. 이미 죽은 사람의 사망 시각이 산 사람의 상황이나 달리기 능력 혹은 엘리베이터 등에 달려 있다는 게 에이미는 흥미로웠다.

하진은 환자의 눈에 동공 반사가 있는지 확인한 뒤 맥박을 짚고 숨소리를 확인했다.

"네 시 삼십칠 분, 박동주 님 사망하셨습니다."

에이미는 사망 진단서에 의사가 말한 시각을 입력했다. 그때였다. 사라-17의 시선에 보호자의 손목에 새겨진 문신이 들어왔다. 긴 뿔을 가졌지만 몸은 야윈 사슴. 그제야 에이미는 보호자의 얼굴을 보게 되었다. 엄마였다.

●《《《（

휴대폰에는 메시지가 많이 쌓여 있었다. 환자가 없거나 충전 시간이 아닌 이상 쉬는 시간이랄 게 없는 에이미는 매주 수요일 저녁 열 시에 열리는 온라인 기억 모임에 참여하기가 쉽지 않았다. 그래서 모임이 끝난 뒤에야 그들의 대화를 읽곤 했다.

"발견한 게 있어."

기억 모임의 회원 중 가장 늦게 생산된 사라-17, 승주였다.

"토니가 어디서 사라졌는지 알 것 같아."

토니는 이손의 애착 인형이다. 긴 코가 바닥까지 닿는 회색 코끼리. 이손은 언제부터인가 토니를 들고 다니지 않았는데 그 시점을 정확히 기억하는 이는 없었다.

"언제인데?"

가정부 로봇인 리온이 물었다.

"재경이네 가족과 소풍 간 날. 재경이가 훔친 것

◖

같아."

"재경이?"

"재경이네랑 소풍 간 게 한두 번이야?"

정원사 로봇인 화영이 메시지를 보냈다.

"재경이가 토니를 훔치는 걸 직접 봤어?"

리온이 물었다.

"마지막 가을에 이손이 재경이네 가족이랑 푸미작 공원에 갔던 거 기억해?"

"우리는 이손 대신 '나'라고 지칭해."

유민이 끼어들었다.

"그건 좀 어색한데."

승주가 맞받아쳤다.

"이번 달만이야. 우리는 달마다 주어를 바꾸거든. 우리 중 누군가는 이손을 이손으로, 또 누군가는 나라고 칭해. 하지만 우리 모두가 어느 정도 이손을 자기 자신으로 여긴다는 사실을 부정할 수는 없을 거야."

"난 그렇지 않은걸."

에이미가 대화에 참여할 수 있었다면, 승주의 말에 동조했을 것이다.

"네가 만들어진 지 별로 안 되어서 그래. 처음엔 우리도 그랬어. 이손이 거리에서 스쳐 지나가는 낯선 사람들

슬프지 않은 기억칩

만큼이나 멀게 느껴졌지. 그런데 어느 순간 이손과 나를 분리하기 어려워졌어."

리온이 말했다.

"그러니까 더더욱 분리할 필요가 있는 거 아니야? 네가 말하는 게 뭔지 알겠어. 나도 조금씩 이손이 나의 일부가 되는 것 같거든. 그런데 왠지 그게 맞지 않는 것처럼 느껴져.

"그건 시간이 해결해 줄 거야. 모임이 처음 결성되었을 때 우리는 이손을 '나'라고 칭했어. 그러면 모두가 한 사람이 되는 기분이었거든. 처음에 우리는 단순히 추억팔이에 취해 있었지. 행복한 기억을 곱씹으며 웃고 울고. 그런데 언제부터인가 이손의 죽음에 의문을 품기 시작했어. 그때 화영이 말했어. 기억칩의 모델과 자신을 동일시할 때마다 공동 기억에 관한 객관적인 시각을 잃어버리는 것 같다고."

"내가 그렇게 말하긴 했지. 하지만 타인의 삶을 자신의 것처럼 느끼는 것만큼 강렬한 경험도 없어. 동일시를 통해 손의 감정을 느끼고, 손의 시점에 따라 세상을 살아볼 때 얻게 되는 것도 있거든."

화영이 끼어들었다.

"그래서 우리는 '나'와 '이손'이라는 명칭을 번갈아 사

문보영

용하기로 했어. 달마다."

"너희들은 왠지 벌써 한 사람이 되어버린 것 같은걸."

승주는 걱정스러운 듯이 말했다.

"한번 해봐. 하다 보면 익숙해져."

화영이 말했다.

"음… 일곱 살 때, 우리 가족이랑 재경 가족이 푸미작 공원에 갔던 거 기억해? 그때 내가 잠깐 화장실을 다녀왔나? …이상한데? 그냥 이손이라고 할게."

"익숙해질 거야."

유민이 말했다.

"익숙해지고 싶지 않다면?"

"일단 이야기부터 들어보자. 처음부터 우리 규칙을 강요할 수는 없어."

화영이 끼어들었다.

"기억이 온전하진 않지만, 이손이 화장실을 다녀오기 전에 재경이의 가방은 평범해. 그런데 헤어질 때 볼록 튀어나와 있어."

"그 사이의 기억은?"

화영이 물었다.

"없어."

멤버들의 기억에서 토니는 언제부터 없었는지 모를

☾

163
슬프지 않은 기억칩

정도로 자연스럽게 사라졌다. 토니가 사라진 순간을 누군가 고의적으로 편집한 것처럼.

"그러니까 네가 화장실을 다녀온 사이에 재경이가 인형을 자기 가방에 넣었다?"

"이손이 화장실 간 사이에."

승주는 유민의 문장을 정정하며 대답했다.

"가방에 다른 걸 넣었을 수도 있고, 공원에서 인형을 잃어버린 것일 수도 있지."

"그 정도로 재경이라고 단정할 수는 없어. 그리고 범인이 재경이라고 하더라도 그냥 인형을 갖고 싶어서 그랬을 수도 있지. 재경이가 뭔가를 알고 토니를 훔쳤다고 생각하지는 않아."

"그런데 그날 기억에서 토니의 눈이 촬영한 장면은 없어?"

리온이 물었다.

"그 이후부터는 이손의 안경이 촬영한 장면만 계속되고, 토니가 촬영한 장면은 더 이상 나오지 않아. 토니는 이손의 애착 인형이었지만, 사실 토니를 가장 많이 안고 있었던 사람은 이손의 엄마였어. 그녀는 늘 토니가 이손을 바라볼 수 있도록 했어. 토니를 안고 이손을 바라보곤 했지. 그리고 이손이 방에 있을 때 토니를 옷장 위에 올려두었어. 이손의 일거수일투족을 촬영할 수 있도록. 기억칩은 이손이 바라본 세상이기도 하지만, 이손을 바라보는 엄마의 시선이기도 했어. 가끔은 이 기억이 이손의 기억인지 엄마의 기억인지 헷갈리기도 해. 엄마는 왜 그랬던 거지? 그리고 누가 토니를 훔친 거지?"

승주의 이야기에 멤버들은 놀란 듯했다. 에이미는 썰매를 타는 펭귄 스티커가 부착된 자신의 콜폰을 만지작거렸다. 로봇에게 제공되는 콜폰은 병원 물품이지만, 개인적으로 사용해도 문제가 되지 않았다. 에이미는 기억 모임 멤버들에게, 응급실에서 엄마를 봤다는 사실을 알려야 할지 잠시 고민했다. 언제부터인가 에이미는 기억 모임에 대한 흥미가 조금씩 떨어졌다. 기억 모임이 처음 만들어졌을 당시의 목적은 그저 추억을 공유하고 감쇠기에 대비해 기억을 기록하는 것이었다. 그들은 좋아하는 기억을 꺼내 얘기하고, 이야기를 덧붙였다. 도자기를 만들듯 공동의 기억을 빚었다. 목적이랄 건 없었다. 그건 시간 때우기이자 놀이였고 일종의 앨범 만들기였다. 기억칩은 그들에게 한 번도 느껴보지 못한 소속감을 느끼게 했다. 에이미는 모임에 초대받은 초기에는 근무 중에도 몰래 휴대폰으로 모임에 참여했다. 그들은 송송 뚫린 기억의 구멍을 메웠고 감정과 해석을 덧붙였다. 같은 영화를 보고 감상을 나누는 것처럼 그들은 이손의 인생을 관람했고 나아가 그 과거를 자신의 것처럼 소중히 여기기도 했다. 그런데 멤버들이 이손의 죽음에 의문을 품기 시작한 뒤로 기억 모임은 토론 모임 되었는데 그때부터 에이미는 왜인지 마음이 불편했고 예전과 달리 모임에 성실히 임하지 않게 되었다. 그들은 기억을 처음부터 다시 썼다. *과거에는 아무것도 없어. 무언가 있기를 바랄 뿐이야.* 에이미는 그렇게 생각하고 싶었다. 그런데 그렇게 생각해도 마음이 편해지는 것은 아니었다.

●《《《《

기억 모임 멤버들은 각자 애정하는 기억의 한 페이지가 있었는데, 에이미가 아끼는 장면은 이손과 재경이 나누던 중요하지 않은 대화들과 그들이 바라보던 풍경이었다.

●《《《《

재경이 숨을 참은 채 철봉에 매달리자 이손은 옆에 있는 철봉 위로 올라가 걸터앉았다. 가을 운동장 구석엔

☾

이름 모를 나무들이 서 있었다. 이손은 그중 홀로 동떨어져 있는 나무 한 그루를 바라보았다. 나무에 달린 잎사귀들은 저마다 색이 달랐다. 잎사귀는 위로 갈수록 붉었다. 아래쪽은 여름 나무처럼 푸르렀다. 그때, 이손은 잎사귀 사이에서 검정 물체를 발견했는데, 재경도 똑같이 그것을 발견한 참이었다.

"둥지인가?"

이손이 물었다.

"축구공 같은데?"

재경이 말했다. 에이미가 보기에 그것은 축구공보다는 작았고 달의 뒷면처럼 어두컴컴했다.

"차버린 공이 나무 속으로 들어간지 몰랐던 걸까?"

이손은 외투를 벗어 무릎에 올려두었다.

"그걸 어떻게 몰라? 올라갈 수 없으니까 어쩔 수 없었던 거지. 나라면 올라가서 가져왔을 텐데. 아니면 나무를 흔들거나."

이손은 검은 물체를 자세히 보기 위해 몸을 구부리다가 균형을 잃고 바닥으로 떨어지고 말았다. 그때, 벗겨진 안경은 허공에서 반 바퀴 돌고 바닥에 떨어졌다. *기억이 몸에서 떨어져 나가 반 바퀴를 돌고 바닥에 착지했다.* 에이미는 벗겨진 안경이 본 세상에 대해 이렇게 적었다.

그건 누구의 기억이라고 할 수 있을까. 순간이지만 영상은 빠르게 도는 하늘을 보여주었다.

"괜찮아?"

재경은 이손을 일으켜 세우며 무릎과 등에 묻은 모래를 털어주었다. 바닥에 떨어진 안경은 그 둘을 한 장면에 담았다.

나는 어떤 아이들을 생각한다. 공이 어디로 갔는지 몰라서 해가 지도록 운동장을 뒤지는 아이와 나뭇가지에 공이 걸린 것을 알고도 그냥 돌아가는 아이에 관하여. 이손과 재경은 나무를 흔들어 공을 떨어트리거나, 나무에 올라가 공을 가져올 생각 같은 건 하지 않았다. 그저 바라봤다. 그리고 이 학교의 학생들도 모르는 나무의 비밀을 자신들이 알고 있다는 사실에 조금은 우쭐해하면서 나무에 걸린 공을 쳐다보았다.

에이미는 메모의 마지막 문장을 수정했다.

나무의 비밀을 알고 있다는 사실에 대해 조금은 우쭐해하면서 나무에 걸린 공을 쳐다본 건지도 모른다. 에이미는 노트를 덮었다.

☾

168

문보영

초진을 보기 전 에이미는 전산에 뜬 진료 정보에서 낯선 문장을 발견했다. '마음을 다스리지 못하겠어요.' 마음은 에이미가 잘 모르는 단어 중 하나다. 에이미의 의학 사전에서 마음은 정신과에 등재되어 있다. 에이미는 소운 대학 병원에서 정신과를 제외한 모든 과를 돈다. 마음, 슬픔, 우울증, 조울증, 조증, 대인 기피증, 경계성 인격 장애와 같은 단어가 언급될 경우 에이미는 초진을 보는 대신 매뉴얼대로 레지던트에게 보고하거나 인턴에게 초진을 넘겼다. 차트에는 남성이 한 달 전에도 응급실에 내원한 기록이 있었다. 초진실로 승복을 입은 스님과 그의 보호자로 보이는 젊은 남성이 들어왔다.

"마음을 다스리지 못해서 오셨다고요?"

"네."

"다른 데 아픈 곳은 없으실까요?"

에이미는 스님을 쳐다보았다.

"선생님께서 원래 약을 드셨는데 한 달 전부터 안 드셨어요."

보호자가 말했다.

"내가 조울증이 있어요. 괜찮은 것 같아서 한 달 전부터 약을 먹지 않았어요."

"1, 2주 전부터 잠을 못 주무시기 시작했어요. 그리고 예전처럼…"

보호자가 머뭇거렸다.

"내가 대통령이 된 거 같아요."

스님이 말했다. '대통령'이라는 단어는 의학 사전에 등재되어 있지 않다. 이런 점 때문에 에이미는 초진이 싫었다. 사람들의 이야기는 모두 달랐다. 인턴들은 초진을 보고서 장염, 충수돌기염, 요로결석과 같이 병명을 떠올리기 마련이었지만 에이미는 감기조차 구별하기 어려웠다. 에이미가 생각하기에, 백 명의 사람이 있다면 백 개의 감기가 있어야 할 것 같았다. 감기1, 감기2, 감기3 … 감기99, 감기100 …

"의사 선생님이 내가 대통령이 된 것 같으면 바로 응급실로 내원하라고 했거든요."

"그러시군요. 잠시만요."

에이미는 차트에 '마음'이라는 단어를 적었다.

"나는 모두가 행복했으면 좋겠어요. 그리고 세상이 평화로웠으면 좋겠어요. 그런데 마음을 다스리는 게 너무 힘들어요."

스님은 갑자기 흐느끼기 시작했다.

'모두가 행복했으면 좋겠다, 모두가 잘되었으면 좋겠다, 세상의 평화…' 에이미는 환자의 말을 받아 적었지만, 다 잘되었으면 좋겠다는 게, 모두가 행복했으면 좋겠다는 게, 잠을 자지 않는다는 게, 자신이 대통령이 된 것 같다는 게 왜 문제인지 혹은 무슨 의미인지 알 수 없었다. *이 사람도 감기에 걸린 걸까?*

● ● ⦗ ⦗ ⦗

"그런데 재경이 이손을 돕기 위해 토니를 훔친 거라면?"

승주였다.

"왜 그렇게 생각해?"

리온이 물었다.

"내가 아는 재경은 그런 사람이 아니니까."

"그게 다야?"

"뭐가 더 필요하지?"

"토니가 사라지고…"

"재경이도 사라졌지."

"감쇠기는 누가 만든 거냐."

"왜 뭔가를 잊을 수밖에 없게 한 거지?"

☾

"저장 용량의 문제라고는 하지만…"

"그걸 믿어?"

"그런데 감쇠기가 없다면 우리가 모임을 만들 일도 없었겠지. 기억이 사라지기 때문에 기록을 하고 대화를 나누게 되었으니까."

에이미는 유민의 마지막 말을 곱씹었다. 맴버들은 지난주와 같은 주제로 이야기를 이어가고 있었다. 모임 시간은 지났지만, 에이미는 메신저 창에 자신이 기억하는 한 장면에 관해 쓰기 시작했다.

내가 기억하는 건 어떤 소리야. 나는 다코야키 트럭 앞에서 엄마와 손을 잡고 있어. 다코야키 아저씨는 구멍이 잔뜩 뚫린 넓은 팬에 기름칠을 한 뒤 반죽을 붓고 문어와 재료들을 넣었어. 반죽이 익을 즈음 아저씨는 방울이 달린 쇠 바늘로 반죽을 뒤집었지. 딸랑, 딸랑, 딸랑. 다코야키 아저씨는 두 개의 쇠 바늘로 엑스 자를 만든 다음 손목을 돌리며 빠르게 반죽을 뒤집었어. 겉이 익은 반죽이 획획 뒤집히는 모습을 나는 하염없이 바라봤어. 엄마와 내가 좋아하는 장면이었거든. 그때 엄마가 이런 말을 했어. "너는 죽어도 죽은 게 아니란다." 엄마는 나를 바라보지 않고 말했어. 마치 자기 자신에게 하는 말처럼. 나는 그날의 기억을 노트에 여러 번 기록했어. 내가 잊어

문보영

버리는 것을 노트가 대신 기억하도록. 그리고 오늘 응급실에서 엄마를 봤어. 어떤 남자의 보호자로 왔는데, 그는 아빠가 아니었어. 그보다 젊었지.

● ● (((

충전 시간인 새벽 두 시부터 네 시에는, 전원을 가야 하거나 코드 블루가 터진 경우를 제외하면 콜을 받지 않는다. 암실에서도 글자를 읽을 수 있고 사물도 볼 수 있는 에이미는, 근무를 마치고 충전기를 꽂은 채 멍하니 어둠을 바라보는 시간을 좋아했다. 당직실 새벽은 고요하지 않다. 인턴들은 다닥다닥 붙은 이층 침대의 얇고 딱딱한 매트리스에서 쪽잠을 청하지만, 시도 때도 없이 오는 콜 때문에 깊은 잠을 자지 못한다. 성미는 새벽 두 시엔 열나는 환자의 혈액 배양 검사를 위해 채혈을 하러 내려갔고, 세 시에는 사망 선고와 사망 진단서를 쓰러 내려갔으며, 네 시에는 흉통이 있는 환자의 심전도를 찍으러 갔다. 그리고 삼십 분 정도 눈을 붙인 후 다섯 시부터 아침 근무를 시작했다. 그 모습을 에이미는 모두 지켜봤다.

🌙

●●⟨⟨⟨⟨

　응급차는 시속 160킬로미터로 달렸다. 에이미는 성미가 세상에서 제일 위험한 차가 응급차라고 말하던 게 기억났다. 에이미는 가담 대학 병원에 환자를 인계한 뒤 응급차로 돌아왔다. 구급 대원들은 근처에서 담배를 피우고 있었다. 올 때와 달리 돌아갈 때 응급차는 천천히 달린다. 에이미는 간이침대를 바라보았다. 빈 침대는 환자가 누워 있는 침대보다 에이미를 더 불안하게 만들곤 했다. 에이미는 밖으로 나가 밤하늘을 보고 싶었다. 그런데 창문이 가려져 있어서 마음속으로 밤을 상상하는 수밖에 없었다. 회미한 기억 한 조각이 수면으로 떠올랐다. 기억 속에서 에이미는 환자를 돌보는 의사나 구급 대원이 아니었다. 에이미는 응급차의 간이침대에 누워 있다. 에이미 혹은 이손은 누워서 엄마를 올려다보고 있다. 엄마는 토니를 꼭 껴안고 있다.

●●⟨⟨⟨⟨

　초진실로 들어온 이의 얼굴은 익숙한 얼굴이었다. 회색 폴라티를 입은 여자는 에이미를 바라보더니 고개를

☾

한 번 끄덕였다.

"반가워요."

"안녕하세요. 두통이 있으시다고… 언제부터 그러셨죠?"

에이미는 진료 차트를 훑어보며 말했다.

"저는 진료를 받으러 온 게 아니에요. 당신, 내가 누구인지 알잖아요?"

"박동주 씨 보호자시잖아요."

에이미는 모른 척했다.

"이손의 엄마죠. 그리고,"

그녀는 에이미를 똑바로 바라보았다.

"당신의 엄마이기도 하죠. 당신들은 나를 엄마라고 부르고, 내 딸을 자기 자신으로 생각하잖아요?"

그녀의 말에 에이미는 수치심을 느꼈다.

"그렇게 생각하세요?"

에이미의 대답에 그녀는 작게 미소 지었다.

"미안해요. 무례하게 굴 생각은 없었어요. 오히려 반대예요. 고마워요. 기억 모임 멤버들은 내게 이손의 분신과 같아요. 당신들과 아이가 본 세상에 관해 얘기를 나눌 때 죽은 아이가 살아난 것 같았어요. 그 아이에 관해 떠들고, 그 아이의 시선으로 세상을 보는 당신의 이야기를 들는 게 나에겐 힘이 되었죠."

"마치 모임에 참여한 것처럼 말하네요."

"모르겠어요? 내가 유민이에요. 나는 아이가 어떻게 세상을 보는지 알지 못했어요. 그래서 할 말이 없었죠. 감쇠기의 영향을 많이 받아서 기억을 모두 잃어버린 척 했죠. 당신들이 아이의 눈으로 바라본 세상을 묘사할 때 나는 눈을 감고 그 세상을 상상했어요."

"그럼 기억 모임을 만든 것도 당신이군요. 같은 기억 칩을 공유한 로봇인 척하며…"

"미안해요. 난 그저 아이를 더 많이 기억하고 싶었어요. 그런데 난 이제 아무것도 없어요. 혼자가 되어버렸죠. 이제 때가 된 거예요."

"무슨 말이죠?"

"기억을 기증받고 싶어요."

"기증이요?"

"이손의 기억을 여러분에게 기증한 것처럼요."

"우리가 기증받은 기억을 재기증하라는 건가요?"

"맞아요. 당신들의 감정과 해석과 의견이 덧붙여진 이 손의 기억이 필요해요. 조금만 도와준다면 그 아이를 다 시 살릴 수 있어요. 이손의 안경과 토니로 촬영한 영상만 으로는 그저 기계와 같은 아이를 만들 수 있을 뿐이죠.

☾

인간의 기억을 심은 로봇과 다를 게 없을 거예요."

"저희처럼요."

"미안해요. 제가 말이 심했네요."

"그냥 우리가 나눈 대화를 다운로드하면 되잖아요."

"그렇게 간단한 게 아니에요. 우리는 기억을 경험한 영혼이 필요해요."

"우리는 로봇이에요. 영혼 같은 건 없어요."

"당신들의 기억이 곧 영혼이에요."

"말을 참 재밌게 하시네요."

"기억칩을 빌릴 수 있을까요?"

"이건 이손이 아니라 우리들의 감정과 기억이에요."

"제가 부탁하는 건 큰 게 아니에요. 기억칩을 복사하기만 하면 돼요. 한 시간이면 끝나고요. 당신들의 기억은 개별적으로 보존될 거예요."

"우리 모두의 기억칩을 합칠 생각인 건가요?"

● ((((

언젠가 이손은 엄마를 따라 동네 미용실에 갔다가 생전 처음 파마와 염색을 했다. 이손의 머리는 브로콜리처럼 풍성해졌다. 미용사들은 이손을 내려다보며 깔깔 웃

☾

었다. 그날 이손은 할머니 댁에 있는 소파에 머리를 대고 잠깐 잠이 들었는데, 일어나 보니 소파 등받이를 덮고 있던 하얀 천이 붉게 물들어 있었다. 이손은 혼날까 봐 무서워 천을 뒤집었다. 이 장면에서 화영은 이손의 머리카락 색이 붉은색이 아니라 푸른색이었다고 말했다. 반면 리온은 노란색으로 기억하고 있었다. 게다가 그곳은 할머니 댁이 아니라 이모네 집이었다고 그녀는 덧붙였다. 미용실에 갔다가 점심을 먹으러 이모네 집에 들렀던 거라고. 한번은 이손이 키운 올챙이 수에 대한 작은 논쟁이 벌어진 적도 있었다. 화영은 세 마리라고 했고, 리온은 다섯 마리, 유민은 열 마리라고 했다. 그들은 올챙이의 수를 다수결에 따라 정했다. 올챙이가 몇 마리인지 알아야 올챙이들에게 이름을 붙여줄 수 있기 때문이었다. 올챙이는 다섯 마리로 결정되었고, 그들의 이름은 수진, 민수, 재원, 소영 그리고 솔이 되었다. 이들 중 개구리가 된 올챙이는 한 마리뿐이었다. 소영이라는 이름의 올챙이만 네 다리가 달린 손톱만 한 개구리로 자랐다. 나머지는 그 전에 죽었다. 이손은 놀이터에서 주워 온 돌을 수조 안에 넣었다. 개구리는 그 돌 위에 올라갔는데, 하루도 안 되어 죽었다. 그 올챙이를 묻어주었는지 어떻게 했는지는 아무도 기억하지 못했다. 그리고 에이미가 좋

문보영

아하는 또 다른 에피소드. 이손이 자주 놀러 가던 재경의 집에는 벽난로가 있었다. 그들은 벽난로 앞에 앉아 재미난 이야기를 나누곤 했다. 그런데 벽난로는 아주 오래전에 사라진 물건이므로 존재할 리 없었다. 회원들은 이따금 기억을 지어냈다. 그들은 제대로 기억하는 것이 별로 없었기 때문에 더 많이 지어낼 수 있었다. 에이미는 궁금했다. 기억칩이 파괴되면 어떻게 될지. 아주 다른 존재가 될지, 아니면 그대로일지.

●●●●‹‹

에이미는 화장실 거울을 바라보았다. 왼쪽 팔을 들자 거울로 기억칩 단자를 볼 수 있었다. 에이미는 그것을 사정없이 때렸다.

●●●●‹‹

3일 뒤 에이미가 깨어난 곳은 로봇 병원이었다. 에이미는 다시 눈을 감았다. 에이미는 꺼져 있었을 때 뭔가를 본 것 같았다. 예전에는 눈을 감으면 그저 껌껌했는데, 이제는 눈을 감으면 어떤 영상이 보였다. 그녀가 떠올리

☾

는 장면에는 숲이 나왔다. 그 숲에는 펠리컨이 살았다. 펠리컨은 어디선가 물을 길어 왔다. 강에서 넓은 부리 안에 물을 가득 담고 날아와 숲에 물을 쏴, 하고 부었다. 그 덕에 세상에 시간이 생겨났다. 펠리컨이 숲에 물을 가져다주지 않으면 시간은 더 이상 흐르지 않았다. 하지만 펠리컨이 날아오르는 것을 그치지 않았기에 시간은 흐르고 또 흘렀다. 에이미는 눈을 뜨고 생각했다. 에이미에 관한 이야기도, 이손이나 재경에 관한 이야기도 아니고, 누구에게도 속하지 않는 영상에 대해. 그것은 사람들이 말하는 꿈인 것 같았다.

아직 모르겠는 그 세계

꿈을 꾸었다. 사랑에 빠지지 않을 수 없는 꿈이었다. 어떤 사람과 주황빛으로 물든 밤거리를 질주했다. 사람도 차도 없는 고요한 새벽이었다. 우리는 어떤 사건에 휘말린 상태였다. 사건은 두 가지였는데 그것은 두 개의 퍼즐로 시현되었다. 비문증에 걸린 것처럼 퍼즐은 눈앞에 떠다녔고, 고개를 돌리면 그것도 함께 움직였다. 각각의 퍼즐에는 그림이 그려져 있었다. 피를 흘리는 좀비와 커피잔이었다. 그런데 두 퍼즐은 조각이면서 그 자체로 완성된 그림이었다. 피를 흘리는 좀비와 커피잔은 커다란 이야기에 복속된 일부가 아니라, 각각 하나의 이야기를 이루는 온전한 조각이었다. 그러니 조각이라는 말이 무슨 의미가 있을까. 다른 조각을 필요로 하지 않는 온전한 퍼즐 조각들. 꿈속에서는 그게 큰일이고 나쁜 일이었다. 우리는 퍼즐로부터 달아나기 위해 질주했지만 그것은 사라지지 않았다. 그런데 갑자기 '펑!' 하는 굉음과 함께 퍼즐이 감쪽같이 사라졌다. "당신이 치운 거예요?" 나는 환희에 차서 소리쳤다. 함께 달리는 사람은 나를 쳐다보지 않고 미소만 지었다. "이제 하나도 보이지 않아요! 다 사라진 거예요?

이렇게 깔끔하게?" 나는 믿을 수 없었다. 그 와중에 우리는 계속 달렸다. 뻥 뚫린 밤거리를. "이제 다 끝난 거야. 아무것도 불안하지 않아." 기쁨에 도취된 나머지 아무리 달려도 힘들지 않았다. 너무 행복해서 미래 같은 건 생각하지 않았다.

SF에 관한 글을 쓰다가 왜 이 꿈이 생각났는지 모르겠다. 다시 떠올리니 두 개의 퍼즐이 기이하게 느껴진다. 두 퍼즐은 어디서든 보였다. 현실의 일부인 것처럼. 그러나 그것은 현실이 아니라 내게만 보이는 어떤 이미지였다. 이보다 무서운 점은 두 퍼즐이 서로 관련이 없다는 점이다. 그것은 어떤 이야기를 이루는 하나의 퍼즐이 아니며, 다른 이야기를 필요로 하지 않고, 맥락 없이도 존재할 수 있는 하나의 자족적인 세계였다. 꿈에서는 그게 끔찍하다 못해 그로테스크하게 느껴졌다. 내가 SF를 쓰면서 내내 시달렸던 공포와 불안은 이 두 개의 퍼즐이 유발하는 종류와 유사하다. 하나의 세계를 지어내는 것, 미래의 세계를 상상하는 것이 과연 나와 잘 맞는 일일까? 좋아하는 SF 작품을 읽을 때면 '현실에 존재하지 않는 온전한 세계를 어쩜 저렇게 잘 만들어 낼 수 있을까?' 하고 생각했다. 나는 쓸 때마다 매번 '이게 맞나? 이게 맞나?' 혼잣말을 중얼거렸다. 요컨대 '이게 맞나?'로 시작해서 '이게 맞나?'로 끝났다.

「슬프지 않은 기억칩」은 현재 쓰고 있는 장편 SF의 일부다. 그런

문보영

데 이 글이 전체 작품의 프리퀄인지, 에필로그인지, 본편의 일부인지 나도 모르겠다. 어떤 이유로 응급실 로봇에 관해 쓰고 싶었을까. 내가 관심이 있었던 건 '로봇의 기억'이었다. 아니, 나는 로봇에 관심이 없다. 그저 '기억이라는 것이 공유될 수 있다면 어떨까' 하는 생각을 했다. 애초에 성인으로 태어나고 유년의 기억을 기억칩이 대신한다면? 그리고 유년의 기억을 다른 존재와 공유한다면? 그 존재를 친구라고 해야 할까 적이라고 해야 할까? 그리고 기억이 감쇠기에 의해 조금씩 사라진다면 그들은 기억을 보존하고자 할까, 순리에 따를까? 나는 그들이 기억 공동체를 만들어 기억을 작은 장난감처럼 가지고 노는 소설을 상상했다. 왜냐하면, 기억은 너무 무겁고 진지하기 때문이다. 이 소설에는 기억에 관한 나의 작은 소망이 투영된 것인지도 모른다. 이 소설은 트라우마에 관한 이야기는 아니다. 하지만 끔찍한 기억을 타인과 공유하게 되면 고통이 줄어들지 궁금했다. 반대로 행복한 기억을 공유하면 행복이 줄어들지도 궁금하다. 나는 그런 장면을 상상했다. 기억을 공유하는 존재들이 기억을 하나의 책으로 여기는 모습을. 독서 모임 회원들처럼 기억에 대해 끊임없이 얘기를 나누는 장면을. 그럼 나만의 기억 같은 것도 사라질 것이다. 거대한 기억을 이루는 하나의 세포가 되면 더 이상 어떤 기억 때문에 너무 가슴 아파할 이유도 사라지지 않을까.

혹은 기억을 액체로 만들어 타인에게 주사하면 우리는 타인의 감정을 더 많이 느끼게 될까. 그렇지 않을 것 같다. 단지 '아, 고통이 그 정도였구나' 하고 정도를 가늠할 뿐, 그 기억을 자기 것처럼 여기진 않을 것 같다. 그래도 조금은 희망을 품었다. 소설 속로봇들이 유년 기억의 주인공인 '이손'과 자신을 동일시하기도 하며 낯설게 느끼길 바랐다. 각자의 방식으로 이손을 사랑해 주기를 바랐다. 그러다가 싸우기를 바랐고, 화해하기를 바랐다.

「슬프지 않은 기억칩」을 쓰면서 내가 빠져 있었던 건 가짜 일기 쓰기였다. 리스본에 가고 싶은데 현실이 따라주질 않아서 리스본 가이드북을 쌓아놓고 읽었다. 구글 맵을 켜놓고 거리뷰를 보며 일기를 썼다. 리스본에 관한 진짜 기억이 있는 사람처럼 굴었다. 리스본의 언덕을 올라본 척했고 과자 가게와 노란 전차를 실제로 본 척했다. 나중에는 친구가 생겨서 함께 여행을 다녔다. 그친구와 나눈 대화들은 모두 나의 혼잣말이지만. 가짜 일기를 쓰다가 깨달은 건 가짜 일기 속 대화가 나의 혼잣말인 것처럼 소설도 하나의 거대한 혼잣말이라는 사실이다.

내가 왜 가짜 일기에 매혹되었지 모르겠다. 현실이 부족해서 현실을 수혈받고 싶었던 걸까. 진짜 기억보다 가짜 기억이 더 편해서였나. 더 이상 할 말이 없어서였나. 나는 어디로부터 도망치고 싶었던 걸까? 가보지 않는 세계에 관한 가짜 일기를 쓸 때의 기분은 SF를 쓸 때의 기분과 유사하다. 다만 SF를 통해 그리는 그 세계가 내가 가고 싶은 곳인지, 피하고 싶은 곳인지는 잘 모르겠다. 그 세계가 나와 관련이 있기에 쓰는 것인지 무관하기에 쓰는 것인지, 현실이 부족해서 쓰는 것인지 현실이 범람하기 때문에 쓰는 것인지 아니면 이 모든 것과 무관하게 쓰는 것인지도 아직 모르겠다. 더 써봐야 알 것이다.

4

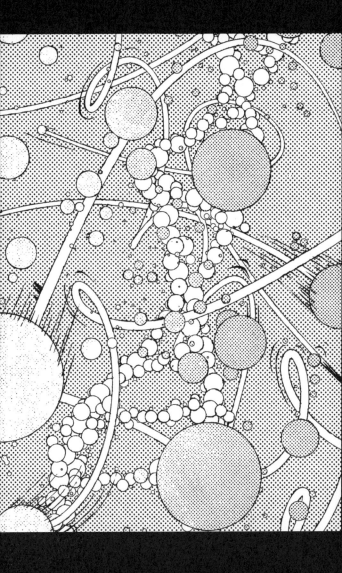

커뮤니케이션의 이해   심너울

"

여기 한 남자가 있다.
그는 자신이
사랑하는 사람이
어떻게 살아야 할지
알고 있다고
믿는다.

"

0

    최도혁은 괴물 혹은 변이체였다. 한국 특수인재개발청 ('특개청'이라고 불렸다) 기준으로 하면, 최도혁은 3급의 괴물이었다.

    그가 괴물이 된 사연은 13년 전, 2028년의 봄으로 거슬러 올라간다. 모두가 알고 있을 그 운명적인 해에 사람들은 짧은 봄을 누릴 여유가 없었다. 김포공항이 외계에서 온 운석에 강타당하고 6천 명의 사상자가 발생했으니까. 사람들은 그것을 공룡을 멸종시킨 소행성 충돌 이후 최대의 천문학적 재난으로 정의했다.

    운석에 묻혀 있던 외계 바이러스가 급속도로 세상에 퍼지기 시작한 이후, 사람들은 그 정의를 조금 수정해야 했다. 그것은 지금껏 지구에 일어난 최악의 천문학적 재난이었다.

Xenovirus Potestatis C. 간단히 제노 C라고 불리는 이 미증유의 바이러스는 김포공항 운석 충돌 이후 단 1년 만에 인류 70퍼센트를 감염시켰다. 제노 C는 지구의 생물학으로 설명할 수 없을 정도로 독특한 존재였다. 제노 C는 인간 면역계에 탐지되지 않았고 어떤 항바이러스제의 영향도 받지 않는다. 어떤 학자들은 그것이 생물학의 연구 대상인지도 의문스러워한다.

바이러스에 대한 우리의 지식은 그것이 일으키는 질병의 증상 정도로 국한되어 있다. 만약 제노 C가 충분히 치명적이었다면 인류 문명은 그로부터 5년을 넘기지 못했을 것이다. 일반적으로, 제노 C 감염이 유발하는 증상은 3, 4일간의 미소한 열병에 지나지 않는다.

하지만 유전적 민감성을 가진 사람들은 제노 C에 완벽히 다르게 반응한다. 그들의 증상은 한결같다. 정확히 4주 동안 체온이 섭씨 39도까지 오르는 심각한 열병에 시달린다. 죽지 않고 살아남는다면, 열이 잦아들면서 일주일간 혼수상태에 빠진다. 그리고 마침내 그 혼수까지 견뎌낸 자는 괴물이 된다.

괴물이 된 인간의 몸은 가장 기초적인 생화학적 단위에서 변형되기 시작한다. 보통 사람들보다 월등히 뛰어난 신진대사가 완성되고 나면, 개인은 제각기 다르게 변형한다. 부속지가 솟아나기도 하고, 날카로운 손톱을 가지게 되기도 하며, 누군가는 커다란 파리 날개가 돋아나기도 한다. 그 변이가 극심하고 눈에 띄기 쉬울수록 더 높은 등급을 받는다.

최도혁은 1차 접촉군이었다. 그는 운석이 떨어질 때 김포공항 대기실에 있었다. 최도혁의 부모는 즉사했지만, 최도혁과 그의 동생 최도연은 부상은 피할 수 있었다. 대신 최도혁은 제노 C에 감염되었다. 6천 명의 사람이 다치거나 죽은 지독한 재난 상황에서, 일부 사람들이 앓기 시작한 열병은 큰 관심의 대상이 되지 않았다. 뒤늦게, 최도혁과 같은 비롯한 잠재력을 가진 사람들이 혼수상태에 빠지기 시작하면서 외계 바이러스 이슈가 주목을 받았다. 수많은 국가가 뒤늦게 국경을 닫았지만, 그때는 이미 의미 없는 일이었다.

그리고 깨어난 사람들이 변이하기 시작했을 때, 이제 사람들은 공항에서 죽은 희생자들을 망각했다. 세계 곳곳에서 괴물들이 나타나기 시작했다. 그 불확실한 상황을 온전히 이해하는 사람들은 없었지만, 세상에 어떤 변곡점이 도래했다는 것은 모두가 분명히 깨달았다.

최도혁은 육상 선수가 되는 것이 꿈인 열세 살이었다.

커뮤니케이션의 이해

괜찮은 재능과 근성이 있었고, 중산층에 속하는 가족의 지원이 있었다. 이런 일이 없었다면 '행복한' 삶을 살아갈 수 있었을 것이다. 그러나 그는 재난의 중심에 있었고, 그런 그를 세상은 가만두지 않았다. 최도혁의 꿈, 일상, 행복은 세상의 관심 밖이었다.

최도혁의 변이는 그를 규정하는 가장 중요한 특성이었다. 그것은 최도혁 본인이 사랑하고 아끼던 것과는 아무 상관이 없었다. 즉, 최도혁의 삶은 단 한 번도 바란 적이 없고 사랑한 적도 없던 걸로 정의되었다.

1

도로 위에는 두 사람이 쓰러져 있었다.

여자는 완전히 불타 형태가 짓뭉개져 있었다. 그의 몸에서 회색 연기가 흘러나와 공기 중으로 조금씩 흩어지고 있었다. 그 옆에 쓰러져 있던 남자는 몸 곳곳에 화상을 입고 꿈틀거렸다. 그 화상은 짓뭉개진 사람의 몸에서 흘러나오는 연기와 같은 색채로 미묘하게 빛났다. 그 밑의 피부는 회색 화산재 같은 색깔이었다. 회색 남자의 몸이 미친 듯이 경련했지만, 그는 아직 모습을 잃은 것 같지 않았다.

심너울

멀찍이 떨어진 도로변에 사람들이 서서 그 모습을 바라보고 웅성댔다. 누군가는 어딘가에 다급히 전화를 걸었고, 또 누군가는 그 광경을 휴대폰으로 찍고 있었다. 쓰러진 둘에게 다가갈 용기를 내는 사람은 없었다. 그 회색 피부의 의미를 모두 알고 있었기 때문이다.

회색 남자는 괴물이었다. 스스로를 통제하지 못한 괴물. 그 옆에 불탄 덩어리는 괴물의 희생자이리라.

"특개청에서 나왔습니다. 물러나세요!"

인파가 갈라졌다. 사람들 사이로 형광 조끼를 걸친 두 남자가 다급히 달렸다. 각자 스마트 이어폰을 귀에 장착하고 있었다. 남자 둘이 쓰러진 사람들 곁으로 달려들었을 때, 행인들은 조끼 뒤편에 '특개청 안전반'이라는 단체의 이름과 로고가 인쇄된 것을 보았다. 로고는 단순화된 모양의 파란 불꽃이었다.

하지만 사람들을 물러나게 한 것은 그 조끼에 박힌 로고가 아니었다. 권효성의 머리에는 커다란 더듬이가 달려 있었고, 최도혁의 등을 따라 위협스러운 뿔이 튀어나와 있었다.

그들 또한 괴물이었다. 정부가 통제하는 괴물. 사람들은 공포와 혐오를 동시에 느꼈다.

안전반은 각각 쓰러진 사람 앞에 한쪽 무릎을 꿇었다.

커뮤니케이션의 이해

권효성이 여자의 목에 손을 댔다. 아무런 감각도 느껴지지 않았다. 이미 더듬이를 통해 흘러들어 오는 감각으로 짐작하고 있던 바였지만. 권효성이 인상을 찡그렸다.

"민간인이 사망한 것 같습니다."

"민간인을 죽게 두면 어떡해? 소생시켜."

권효성의 스마트 이어폰을 타고 감시관의 짜증 섞인 목소리가 울려 퍼졌다.

"변이체에게는 맥이 있어요! 폭주 상태예요. 얼른 데려가야 합니다. 걷잡을 수 없을지도 몰라요!"

최도혁의 다급한 외침을 듣고 권효성이 고개를 돌렸다. 최도혁이 회색 남자의 팔을 붙잡고 있었다. 눈을 감고 경련하던 남자가 기침하자 분홍색 피가 울컥 터져 나왔다.

"최도혁, 본부로 데려와! 구조대 기다리지 말고!"

이어폰으로 전해지는 감시관의 외침을 들은 최도혁이 잠시 멍하니 서 있다가 말했다.

"예? 본부 말입니까?"

"말대답하지 말고, 서둘러!"

최도혁은 잠시 멍하니 서 있다가, 경련하고 있는 남자를 안아 들었다. 그는 권효성을 바라보았다. 권효성이 고개를 끄덕였다. 최도혁은 자세를 낮췄다. 강화한 온몸의 근섬유가 일시에 수축하기 시작했다. 생물체에서 뿜어져 나오는 것이라고는 믿을 수가 없는 에너지가 그의 다리에 모였다. 최도혁은 뛰어올랐다.

권효성을 제외한, 그곳에 모여 있던 모든 사람은 최도혁이 하늘로 날아올랐다고 생각했다. 최도혁은 하늘을 딛고 날아오르는 것처럼 도시의 빌딩들을 경중경중 뛰어 어디론가 사라졌다.

이제 거리에 남은 괴물은 권효성뿐이었다. 권효성이 타오르는 눈으로 행인들을 한 번 쓸어 보았다 괴물이 실제로 해낼 수 있는 것을 보고 겁을 집어먹은 행인들이 흩어지기 시작했다.

본래는 어찌 됐든 소생술을 시행하는 것이 절차였지만, 권효성은 아무 일도 하지 않았다.

2

최도혁이 사무실 문을 열었다. 그의 몸에는 흙먼지가 잔뜩 묻어 있었다. 사무실 구석 소파에 비스듬히 누워 있는 권효성이 보였다. 통화 중이었다. 특개청의 이주린 감시관과 통화 중이라는 것을 최도혁은 묻지 않아도 알 수 있었다.

"네, 네. 수고 많으셨습니다. 아무렴 조심해야죠."

최도혁은 외투를 옷걸이에 걸어두고 의자에 앉아 통화가 끝날 때까지 기다렸다. 곧 통화를 끝낸 권효성이 휴대폰에 대고 투덜댔다.

"새끼, 존나게 신경질 부리네. 내가 길거리에서 불 터뜨린 것도 아닌데, 왜 나한테 지랄이야."

"뭐라는데요?"

권효성이 최도혁 쪽으로 고개를 돌렸다.

"왔냐?"

최도혁이 고개를 끄덕였다.

"급여 깎는대. 존나 어이없지 않냐? 맨날 하는 말 또 하는 거지. '출동 좀 빠르게 해라, 능력자는 이왕이면 생포해라, 우리가 잘해야 서로시로 좋지 않겠냐.' 그래, 변이체는 살았냐?"

"몰라요. 제대로 말도 안 해주고 데려가던데요."

"하, 씨발. 그 새끼는 죽는 게 차라리 낫겠네. 살아나면 무슨 개 같은 생체 실험이나 평생 당해야 할걸."

권효성이 투덜대는 것을 듣지 못한 척하며 최도혁이 물었다.

"민간인은 어떻게 됐어요?"

"죽었어. 뭘 또 물어봐? 몸에서 연기 새어 나오는 거 봤잖아. 괴물 새끼가 불을 뿜을 수 있었나 보던데. 아마

196
심너울

폭주했나 보더군."

권효성이 무덤덤하게 말했지만, '폭주'라는 단어를 말할 때, 그의 더듬이도 살짝 움찔거렸다. 자기 변이를 받아들이지 못하는 변이체들은 완전히 인간의 이성을 잃고 폭주 상태에 빠진다. 최도혁이 의자에 걸터앉았다. 그는 한탄하듯 말했다.

"그 여자는 어쩌다 자기통제도 못하는 변이체랑 엮였나. 안타깝네요."

"모를 일이지. 야, 그 변이체는 그냥 조용히 살 생각이었는데 여자가 귀찮게 군 걸 수도 있지. 무조건 괴물 혼자만의 잘못이니?"

"피해자를 그런 식으로 말하면 어떡해요?"

"야, 너도 괴물의 삶이 얼마나 팍팍한지 알고 있잖아. 변이체로 등록하고 주기적으로 검사도 받아야 하고, 소위 정상인들은 우릴 존나게 멸시하고. 범죄자가 되라고 세상이 부추기는 격이지."

"그러니 신체검사를 주기적으로 받아야죠."

특개청에 등록된 한국의 변이체들은 주기적으로 신체검사를 받는다. 변이를 꾸준히 관찰하여 데이터베이스에 등록한다. 그 데이터는 연구를 비롯한 온갖 방면에 사용된다. 그 연구가 꾸준히 진행되다 보면, 그리하여 이 바

커뮤니케이션의 이해

이러스의 특성을 이해하게 된다면… 특개청에서는 언젠가 변이체를 '정상인'으로 되돌릴 수 있다고 확언했다. 변이체들은 그럴 수 없다는 걸 알면서도 특개청을 따랐다. 특개청에서는 적어도 폭주를 예방하는 안정제를 제공했으니까.

"신체검사란 건 정부가 변이체들을 쉽게 통제하기 위한 허울에 불과해. 등록해서 좋은 게 뭐가 있나. 우리야 1차 접촉군이니까 어쩔 수 없이 코 꿰인 거지. 가능하면 정부 눈에는 안 띄는 게 좋은 법이야. 제노 C가 세상에 퍼지기 전에도 그랬어."

"우리랑 특개청은 윈윈 관계죠. 특개청은 우리를 감시하지만 그 덕에 우리도 그 괴물처럼 폭주하지 않을 수도 있는 거고, 특개청 일로 돈도 벌고."

"야, 너 감시관 보면 모르냐? 윈윈은 무슨 윈윈이야. 그냥 주종 관계지. 잘 들어봐. 그 폭주라는 말 자체가 변이체들을 제어하기 위해 만들어진 거라니까. 소위 정상인들이란 놈들은 우리 변이체를 무서워할 수밖에 없거든. 당연하지. 신체적으로 훨씬 딸리잖아. 특개청이 폭주 같은 말을 만들어서 우리를 억눌러 두려는 거라고."

최도혁은 권효성에 대해서 잘 알고 있었다. 권효성은 두 번 생각하기의 이점을 잘 모르는 사람이었다. 그는 머

심너울

릿속에 어떤 신념이 새겨지면, 그 신념을 웬만해서는 포기하지 않았다. 그것은 그의 장점이자 단점이었다. 그리고 최도혁은 권효성이 결코 그런 생각을 자기 혼자 해내지는 못했으리라는 걸 알았다.

"형, 그런 이야기는 대체 어디서 들었어요?"

권효성이 자기 휴대폰을 최도혁 쪽으로 내밀었다. 휴대폰에는 마치 길바닥에 널린 일수 전단지 같은 섬네일 이미지가 떠 있었다. 유튜브였다.

최도혁이 멍하니 그를 바라보았다. 권효성이 열성적으로 말을 이었다.

"난 한국 뜰 거야."

"예? 어디로요?"

"호주 쪽에 변이체들만 모여 사는 데가 있다더라고. 3만 달러만 땡기면 브로커가 밀항을 접선해 준단. 능력 없는 사람들 사이에서 살아서 뭐 해? 감시랑 이용만 당하지. 같은 변이체들끼리 모여 살면 좋잖아. 너도 같이 가자. 어차피 너나 나나 비빌 언덕 없는 사람들이잖아."

"형. 나는 동생을 책임져야 하잖아요."

"도연이? 도연이도 변이체잖아. 셋이 가서 서로서로 도와가며 정착하는 거지."

최도혁은 권효성을 빤하니 쳐다보았다. 그의 얼굴에는

강렬한 확신이 가득했다. 최도혁의 목젖까지 '형, 형이나 나나 영어 한마디도 못하는데 한국을 뜨긴 뭘 떠요?'라는 말이 치고 올라왔다. 그 질문을 억누르는 것이 폭주를 통제하는 것보다 더 힘들게 느껴졌다.

3

행정부가 변이체들을 통제하고자 하는 것은 딱히 잘 숨겨진 비밀도 아니었다. 정상인들은 변이체, 아니 괴물들을 미워하고 혐오했다. 인간의 범주에서 벗어난 그 외관을 제할지라도, 언제 폭주할지 알 수 없었으니까. 아무 무기 없이도 심대한 위협이 될 수 있는 괴물들. 그들은 혼돈의 사도였고 질서의 파괴자다.

최도혁은 정상인들을 이해할 수 있었다.

제노바이러스 포테스타티스 C가 세상에 도래한 이후, 세상은 지금껏 본 적 없던 혼란에 빠졌다. 정상인들은 혼수상태에서 몸 곳곳에 변이가 시작되는 사람들을 공포스러운 눈으로 바라보다가, 영양 공급을 중단했다. 단 몇 달 만에 혼수상태에 빠진 변이체 수만 명이 살해당하거나 버려졌다. 자기 가족과 이웃을 버린 이들을 비난하는 이들도 있었다. 그들은 괴물로 변해가는 자기 가족을 지켰다.

그리고 변이체들이 깨어났을 때, 그들은 인간과 사뭇 다른 육체를 가지고 있었으나 인간과 다를 바 없는 정신을 유지하고 있었다. 변해가는 사람들에게 바친 그들 곁에 남아 있던 사람들의 사랑은 보답받는 것처럼 보였다. 폭주 사례가 나타나기 전까지, 몇 달 정도. 세계 곳곳에 혼란이 찾아왔는데, 아이러니하게도 다른 곳보다 제1세계 사회에서 폭주로 인한 사망 사건이 훨씬 많았다. 천부인권 개념이 그나마 허울이라도 유지하고 있었을까. 서유럽에서 암과 성인병과 자살이 사망 원인 1위의 옥좌에서 내려온 적은 수십 년 만이었다.

이제 사람들은 적절한 감시와 통제를 통해 변이체의 폭주를 제어할 수 있음을 안다. 하지만 그렇다고 해서 사람들의 기억이 흐려진 것은 아니다. 여전히 우리 세상은 그 상흔에서 완전히 회복되지 못했다. 아직도 폭주 사태는 빈번하다.

최도혁은 자신이 알던 세상이 사라지지 않기를 바랐다. 특개청에 등록하고 권효성과 함께 일하다 보면, 자신의 변화된 몸을 긍정적으로 사용하다 보면, 그럼 언젠가는 사람들이 자신을 무해한 존재로 인식할 거라고, 사회로 돌아갈 수 있으리라고 생각했다.

그러나 그의 동업자는 특개청에 등록되는 것은 족쇄에 채워지는 깃과 같다고 믿었다. 최도혁은 권효성의 생각이 이해가 안 되는 건 아니었다. 권효성도 최도혁도 스스로 원해서 변이체가 된 게 아니니까. 변이체가 되었다는 이유만으로 특개청에 이용당해야 한다는 건 분명 공정하지 못했다.

최도혁은 생각했다. 하지만 그래서 어쩌라고? 세상은 원래부터 공정하지 않았다. 우리는 세상의 물결을 거스르지 말고, 그에 맞춰 살아가야만 한다.

"나 햄 먹어도 돼?"

최도혁이 정신을 차렸다. 최도연이 젓가락으로 접시 위 마지막 햄 한 조각을 가리키고 있었다. 식탁 옆에서 오래된 선풍기가 삐걱대는 소리를 냈다. 최도연은 최도혁보다 여덟 살 어린 여동생이었으며, 김포공항의 재난이후 마지막 남은 피붙이였다.

"먹어."

최도연이 햄을 씹으면서 물었다.

"무슨 생각 해? 밥 안 먹고."

최도혁은 자기 동업자가 이상한 음모론에 빠져 있다고 말하는 대신 고개를 저었다.

"별거 아냐. 야. 식는다."

최도연은 국물을 떠먹는 최도혁에게 얼굴을 가까이 하면서 물었다.

"오빠는 맨날 별거 아니래. 왜, 일하다 끔찍한 거라도 봤어? 요즘 힘들어?"

"밥맛 떨어지게 왜 그런 이야기를 해? 너 요즘 공부는 잘돼가냐?"

"당연히 잘 안되지. 공부는 아무래도 내 적성이 아닌 것 같아. 나도 그냥 오빠랑 같이 일하면 안 돼? 효성이 오빠도 보고 싶은데."

최도혁은 불에 덴 것처럼 화들짝 놀랐다. 뿔을 움찔거리다가, 그는 고개를 들어 최도연의 파란빛이 스며 나오는 눈동자를 바라보았다. 저 파란빛은 최도연이 변이체라는 것을 보여주는 유일한 증거였다. 언뜻언뜻 빛나는 눈.

"효성이 형은 갑자기 또 왜?"

"잘생겨서?"

"미쳤냐?"

최도혁은 권효성의 얼굴을 떠올렸다. 글쎄, 못난 편은 아니라고 할 수 있겠지만, 그 더듬이가 너무 강렬했다.

"하! 농담이야. 그냥 다른 변이체들도 만나고 싶은 거지. 오빠는 잔소리밖에 할 줄 모르잖아. 그런데 효성 오빠는 자기 변이를 자랑스럽게 여기잖아. 변이에 대한 이런저런 이야기도 많이 해주고."

최도혁이 인상을 찌푸렸다.

"그 사람이랑 이야기하지 마."

"뭐야, 샘내는 거야?"

"아니, 변이에 대해서 관심 너무 가지지 말라고. 특개청은 무슨 특개청이냐. 공부나 열심히 해."

"아이, 나는 공부가 적성에 안 맞는 것 같아. 시대가 2041년인데 대학을 꼭 가야 하는 법이 있나? 나는 내 신체에 적성이 있는데, 수능 따위에 목매달아야 해?"

동시에 최도연의 눈에서 새어 나오는 빛이 한층 더 강렬해지기 시작했다. 최도혁의 밥그릇이 천천히 공중으로 떠올랐다. 최도혁이 수저를 놓았다. 그의 표정이 딱딱히 굳어졌다. 그것이 최도연의 진짜 변이였다. 외부에 투사할 수 있는 불가해한 힘.

"야. 너 미쳤냐? 함부로 그렇게 힘 쓰다가 폭주하면…"

"이 정도로 폭주 안 해. 알잖아."

최도혁은 자기 동생의 빛나는 눈을 뚫어지게 바라보았다. 그 눈에서 언뜻 비치는 어떤 아름다움을 애써 무시하면서 그는 말했다.

"네가 변이체라는 사실 자체를 잊어버려. 쓰려고 하지

마. 철저히 정상인처럼 굴라고."

"오빠, 갑자기 왜 그렇게 정색해?"

"맨날 말하잖아. 너는 보통 사람들처럼 살아야 한다고."

"자기는 변이체들만 할 수 있는 일을 하면서."

최도혁이 깊은 한숨을 쉬었다.

"말 잘했다. 일 이야기를 해보자. 우린 특개청이 부를 때마다 출동해. 변이체가 얽힌 사고로 사람들이 다치기 전에 우리가 나서야 하고. 폭주한 괴물은 보통 사람들이 어떻게 할 수 있는 문제가 아니니까. 그래, 돈은 괜찮게 주니까 내가 너를 혼자 먹여 살리고는 있어. 하지만 이 일은 아주 위험해. 그리고 우리 담당은 이주린 감시관이라는 사람인데, 정상인이야. 그 사람이 우릴 어떻게 대할까?"

최도연이 어깨를 으쓱였다. 모르겠다는 뜻이었다.

"시한폭탄 달린 노예로 취급하는 거나 다름없어. 언제든지 폭주할 수 있는."

"오빠가 사람들을 구해주는데도?"

"그런 건 중요하지 않아. 우리들도 폭주한 괴물들이나 다름없는 변이체라는 게 중요한 거지. 보통 사람들에게는 자기랑 다른 존재를 받아들일 여력이 없어." 최도혁

205

커뮤니케이션의 이해

이 자기 등에 난 가시를 움찔거렸다. "나야 그냥 돌아다니기만 해도 위험한 변이고, 눈에 확 띄이서 특개청에서 능동 감시하지. 하지만 너는 그냥 주기적으로 신체검사만 받으면 되잖아. 눈만 좀 빛나는 거 빼곤 정상인들과 구분하기도 힘들고. 괜히 그 염력 쓰고 다니면서 사람들 자극하지 마. 혼자 있을 때도 웬만하면 쓰지 말고. 버릇된다."

떠 있던 밥그릇이 식탁 위로 쿵 떨어졌다. 뭉친 밥알이 식탁 위로 흩어졌다.

"이건 내 힘이고 내 축복이야. 나는 변이체들이 좋아. 우리는 다른 사람들보다 나아."

최도혁은 고개를 저었다.

"아니, 우리 힘은 축복이 아니야. 숨겨야 하는 저주지. 이제 고3이잖아. 수능 1년도 안 남았는데, 정신 안 차릴래?"

"진짜 개 짜증 나."

최도연은 일어났다. 그는 자기 오빠를 노려보다가, 몸을 돌려 자기 방으로 들어갔다. 염력으로 닫힌 문은 커다란 파열음을 냈다. 최도혁은 자기가 한 말을 철회할 생각이 조금도 없었다. 자기 여동생을 진심으로 사랑하고 아끼기에 한 말이었으니까.

여동생이 폭주라든지, 특개청의 감시 같은 것은 생각하지 않기만을 바랐다. 자기가 하는 위험한 일을 하지 않고도 동생이 세상에 섞여 살아갈 수 있기를 바랐다. 자신이 한 실수를 반복하지 않기를 바랐다. 최도혁도 어릴 때는 동생처럼 생각했다. 그때는 숭배와 공포가 하나이며, 필연적으로 배제를 부른다는 것을 몰랐다.

최도연은, 최도혁처럼 살아서는 안 됐다. 최도연은 정상인의 삶을 살아야 했다. 그것이 최도혁의 삶에 유일하게 남은 분명한 목적이었다.

하지만 도대체 어떻게 그 목적을 이룰 수 있을까? 이루 말할 수 없을 만큼 격렬한 피로가 몰려왔다.

4

사무실 내부는 끝이 조금 갈라지는 남자의 목소리로 가득 차 있었다.

"이 변이라는 게, 구원받을 사람들에게만 주어지는 특권이거든요. 과학으로 어떻게 우리 변이를 설명할 수 있습니까? 우리 몸은 물리학이 설명할 수 없는 힘을 내지요. 지금까지 그 어떤 과학자들도 그 기적을 정확히 몰라요. 제노바이러스 포테스타시스 C라는 이름만 거창하게 붙였지. 그런데 설명할 수 없는 것을 제어한다니, 그게 말이 되는 이야기인가요?"

권효성의 휴대폰에서 남자의 목소리가 흘러나오고 있었다. 또 어떤 음모론자의 영상을 보고 있는 것이 틀림없었다. 전혀 알고 싶지 않았지만, 최도혁은 그 목소리가 누구의 것인지 잘 알았다. 본래 극우 인사로 유명한 목사의 목소리였다. 그리스도교와 아주 멀찍이 떨어져 버린 그의 주장은 단순하고 간명했다. 변이는 천국에 갈 사람에게 주는 징표다. 특개청은 변이체들을 감시하려는 마귀다. 그리고…

"특개청에서 하는 신체검사도 받지 마십시오. 생체에 부착하는 감시 장치를 준비하고 있다는 이야기가 있으니까요. 그 감시 장치가 바로 짐승의 낙인입니다, 여러분…"

최도혁은 더는 참지 못했다.

"아, 형은 그딴 걸 대체 왜 봐요? 교회도 안 다니잖아요."

낮은 테이블 위에 두 발을 걸치고 있던 권효성이 이해가 안 간다는 표정으로 최도혁 쪽을 바라보았다.

"그냥 재미로 보는 거야. 재미. 틀린 말만 하는 것도 아니거든."

휴대폰에서 목사의 목소리가 다시 흘러나왔다.

"장치를 삽입하면 마인드컨트롤을 당합니다. 하느님이 직접 내려준 특권을 잃습니다. 변이의 제어는 개인의 의지로 충분히 해낼 수 있고, 또 그래야만 합니다. 개인의 의지로 통제할 때 변이는 더 강해집니다. 그리고 새로운 인간으로 거듭나는 것입니다."

"형, 그 목사, 변이체도 아니에요. 저번에 뉴스에서 나온 거 못 봤어요?"

"야. 이 사람은 숨기고 있는 거야. 변이체인 게 드러나면 특개청 소관이 되고, 등록을 강제할 수 있잖아. 정부의 강압을 피하는 거지."

"그래서 우리는 정부의 노예다?"

"그것도 완전히 틀린 말은 아니지."

"저번에 혼자 폭주한 사람처럼 되고 싶어요?"

"그건 의지의 문제라고."

더 이상 참을 수 없었던 최도혁은 벌떡 일어났다. 그는 권효성 앞으로 터벅터벅 걸어가서 그의 휴대폰을 빼앗은 다음 유튜브를 종료했다. 목사의 갈라지는 목소리가 사라지자 일말의 해방감 비슷한 것이 느껴졌다. 권효성이 다시 자기 휴대폰을 뺏고는 최도혁을 노려보았다.

"형, 이런 거 볼 거면 앞으로 이어폰이라도 껴요. 진짜 못 들어주겠으니까."

최도혁의 눈썹이 꿈틀거렸다.

"너 왜 이렇게 까칠해? 동생 때문에 그러는 거지?"

"도연이 이야기가 갑자기 왜 나와요?"

"왜? 우리 자주 연락해. 너 때문에 되게 피곤해하던데."

싸운 뒤 벌써 나흘이 지났지만 갈등은 해소될 기미를 보이지 않았다. 최도연은 자기 염력으로 최도혁 앞에서 공공연하게 시위를 벌였다. 오늘 아침에 각자 밖으로 나가려 대문 앞에 섰을 때, 최도연은 손 대신 염력으로 문을 열었다. 최도혁은 자기 동생이 피식 웃으며 자기를 바라보는 것을 보았다.

"고3이라 그래요. 예민할 때잖아요."

"숨기려 들지 마라. 대충 무슨 일이 있는지 아니까. 야, 멋진 염력이 있는데 수능을 쳐서 뭐 해? 요즘 세상에 대학 잘 가면 뭐가 바뀌나? 한 해에 스카이 가는 애들보다 변이체 수가 더 적어."

"걔 염력, 별거 아니에요. 문이나 여닫는 정도고. 함부로 쓰다가 폭주라도 하면 어떡해요?"

"강하든 약하든, 염력이 있다는 그 자체로 특별한 경쟁력이야. 우리 같은 신체 변이는 흔하잖아. 네 동생이야말로 선택받은 사람이라고."

"선택받은 게 좋은 건가? 나는 그냥 평범하게 살고 싶은데. 사람들이 대놓고 무서워하는 게 형은 마음이 편해요? 내 동생도 괜히 구질구질한 일에 얽히지 않았으면 해요. 걔는 자세히 안 보면 티도 안 나잖아."

"그래서? 자세히 보면 변이체란 게 보인단 거잖아? 변이를 숨기고 살면 보통 사람이 되냐? 네 동생은 변이 때문에 친구 하나 없는데, 네가 계속 보통 사회 운운하면서 헛소리를 하니까 오갈 데가 없는 거잖아. 그래서 나같이 나이가 열 살 차이가 나는 늙은이한테도 연락을 하고."

"친구가 없다니 무슨 말이에요?"

권효성이 어이가 없다는 듯 코웃음을 쳤다.

"와, 최도혁 이놈, 못 써먹을 놈이네. 어떻게 친오빠라는 놈이 동생이 어떻게 사는지 이렇게 모르냐. 돈만 주면 책임지는 거니? 도연이 학교생활 아예 적응 못 하고 있다는 거, 못 들었어?"

최도혁은 등에 난 가시 뼈가 떨어지는 느낌을 받았다. 한 번도 들어보지 못한 이야기였다.

"도연이 학교 가기 싫어해. 너는 티 안 난다고 하지만 애들이 변이체인 걸 모르냐? 눈에서 빛이 나는데? 당연히 따돌리지. 야, 내가 걔한테 영향을 준 것 같지? 네 동생이 나한테 유튜브 채널들 알려줬다고. 도연이가 내 스승이야."

"도연이가 형한테 가르쳐줬다고요?"

최도혁은 멍하니 섰다. 당연히 권효성이 최도연을 구슬리고 있는 거라고 생각했지만, 그 반대였던 것이다.

"한국 뜨자는 아이디어도 도연이한테 들었어. 브로커도 찾아냈어. 할인도 해준대. 2만 달러면 밀항까지 완전히 지원해 준단다. 지느러미 달린 변이체들이 온다던데? 내가 반 낼게. 도연이도 언제든지 좋다고 했어. 너도 괜찮지?"

권효성이 디딤이를 신나게 흔들면서 말했다. 최도혁은 자신의 동생이 이렇게 능동적인 사람일 거라고 생각하지 못했다. 2만 달러. 1년 생활비로도 쓰고도 남을 돈. 조금 전까지만 해도 그는 자기 동생이 어린아이처럼 느껴졌다. 자기가 계도해서 좋은 길로 이끌어야 할 어린아이. 하지만 이제는 아니었다. 동생을 잘 알고 있다고 말할 수가 없었다.

"멍청한 짓 하지 마."

최도혁은 고개를 저은 다음 몸을 돌렸다. 그는 사무실 밖으로 천천히 걸어 나왔다.

"야, 야!"

권효성의 목소리를 뒤로하고 문을 닫은 다음, 그는 휴대폰 연락처를 뒤지기 시작했다.

5

정부 특개청의 이주린 감시관과는 이틀 뒤에 만날 수 있었다. 이주린은 작은 머리와 상당히 또렷한 이목구비를 가진 사람이었다. 그의 커다란 눈에서는 항상 말로 설명할 수 없이 강렬한 집요함이 느껴졌다. 이주린은 최도혁을 만날 때마다 가벼운 미소를 띠고 있었고, 지금도 마찬가지였다. 소름 끼치는 미소였다. 무서운 진실을 숨기는 듯한 미소.

"커피?"

이주린이 물었지만 최도혁은 고개를 저었다. 그는 할 말을 서둘러 끝마치고 싶다는 생각뿐이었다. 특개청 지소 곳곳에 설치되어 있는 제노 C 감지 장치의 파동 때문에 몸이 간지러웠다.

"괜찮습니다."

"웬일로 단독 면담을 요구한 거야? 최근에는 일도 별로 없었던 것 같은데. 저번에 근추동에서 한 명 폭주한

213
커뮤니케이션의 이해

거 때문에 부른 건가? 나도 돈을 적게 주고 싶은 건 아니야, 절차를 따랐을 뿐이지. 우린 매뉴얼대로 해야 하니까. 변이체가 폭주하면 생포가 기본 원칙인 거, 그쪽도 알지. 어떻게든 되돌려 놔야 할 기회를 줘야 하지 않겠어? 그리 어려운 것도 아니잖아."

이주린은 다리를 꼬면서, 자기 텀블러에 든 액체를 홀짝였다. 최도혁은 굳이 처우 이야기로 이주린을 자극하고 싶지 않았다. 그는 본론으로 들어가기로 했다.

"권효성 씨 일입니다."

"아, 자기 동업자. 왜?"

굳게 다짐하고 왔음에도 죄책감이 엄습했다. 동료를 배신한다는 생각이 들었다. 최도혁은 마음속으로 애써 되뇌었다. 이것은 배신이 아님을. 변이체 모두가 사회의 존중받는 일원이 되어 사는 미래를 위한 일임을. 최도혁은 마른세수를 한 번 했다. 이주린이 여전히 미소를 띤 채로 다그쳤다.

"불러놓고 말을 안 하네."

최도혁이 말했다.

"제 파트너, 권효성 씨가 밀입국 브로커랑 줄이 닿은 것 같아서요."

이주린의 표정에 서려 있던 미소가 단번에 녹아 사라

졌다. 그 극적인 변화에 최도혁은 자신을 짓누르는 중압감이 더 강해지는 것을 느꼈다. 이주린이 인상을 살짝 찌푸리면서 말했다.

"그건 이상하네. 그 사람 변이가 바깥에서 사람 들어오는 데 도움이 되나? 고감각 변이잖아."

"아뇨. 그런 게 아니라, 권효성 씨가 한국 밖으로 뜨려는 겁니다. 밀입국을 하려는 것 같아요. 변이체들은 해외로 나가는 절차가 상당히 복잡하잖아요?"

"흠. 맞아. 변이체는 우리들의 귀중한 자원인데, 특개청에서 지켜야지. 그런데 어느 나라로? 절차가 복잡한 이유가 있어. 이 나라 밖으로 나가서 별로 좋을 게 없어. 한국만큼 변이체가 살기 좋은 데가 없거든."

"오스트레일리아 어딘가에 변이체들만 모여 사는 곳이 있다고 하더군요. 주기적인 신체검사도 받지 않고, 자유롭게 살 수 있다고 말했어요."

이주린이 어이가 없다는 듯 코웃음을 쳤다.

"아니, 그런 걸 믿나? 변이체들만이 사는 땅 같은 건 운석 떨어진 직후에나 돌던 낭만적인 이야기인데. 지금은 다들 폭주해서 알아서 멸종됐지. 혹시 변이가 뇌에 침범한 거 아닌가?"

최도혁은 아무 말도 하지 않고 이주린을 바라보았다.

특개청의 감시관은 멋쩍게 웃으면서 일어섰다. 이주린은 최도혁에게 다가와, 그의 왼쪽 어깨에 손을 올렸다. 최도혁이 천천히 고개를 들어 올려 이주린의 커다란 눈을 바라보았다. 그는 앞니를 살짝 드러내며 웃고 있었다.

"하여튼, 아주 잘 말했어요! 칭찬 스티커라도 한 장 붙여줘야겠는걸? 걱정하지 마. 우리 쪽에서 당신 동업자를 바로잡아 줄 테니까. 가본 적 없는 세상에 대한 향수는 충분히 고칠 수 있는 문제야. 특개청만의 노하우가 있지. 권효성을 확보하기만 해줘."

"제가 붙잡아 오란 말입니까?"

"그럼. 최도혁 혼자서 충분히 할 수 있잖아. 굳이 특개청 사람들 쓸 필요까진 없지. 그리고 브로커랑 접촉했다는 것도 심증만 있는 거 아니야? 물증이 있어?"

최도혁이 천천히 고개를 저었다.

"하지만…"

"그러니까 옆에서 잘 보고 있다가, 그 사람이 수상한 생각을 하고 있으면 당장 여기로 데려와. 법적 문제는 우리가 알아서 해결할 거고, 잘 처리되면 급여는 섭섭지 않게 해줄게."

최도혁이 주먹을 한 번 쥐었다 폈다. 그는 숨을 푹 쉬고 말했다.

"급여는 괜찮습니다. 저는 그냥 파트너를 망상에서 구하고 싶은 것뿐이니까요."

"오, 파트너를 팔아넘기는 것은 아니다?"

"..."

동생 이야기는 하지 않기로 했다.

6

대문이 열렸다. 최도혁이 집 안으로 쓰러지듯 걸어 들어왔다. 그는 자신에게 가장 중요한 사람의 이름을 불렀다.

"도연아, 우리 이야기 좀 하자. 내가 미안하다."

그는 간구했으나 답변은 돌아오지 않았다. 거실이라고 부르기 민망할 정도로 작은 방은 어두컴컴했다. 최도혁은 발에 옷가지들이 차이는 걸 느끼며, 손을 벽에 대고 천천히 움직였다. 스위치를 올리자 거실에 조명이 들어왔다. 최도혁의 눈앞에 생각지도 못한 광경이 기다리고 있었다. 거실은 난장판이었다. 온갖 옷들이 방 안에 흩뿌려져 있었다. 서랍장은 모조리 열렸고, 몇몇 칸은 아예 빠져 있었다. 쓰러진 빨래걸이가 보였다.

"도연아?"

더럭 겁을 먹은 채로 최도혁은 자기 여동생을 찾았다. 여전히 아무런 답도 돌아오지 않았다. 강도라도 든 설까? 하지만 최도연이 맥없이 당했을 리가 없었다. 염력을 제하더라도 최도연은 변이체였다. 그에겐 일반인보다 훨씬 강한 근력이 있었다.

혼란에 빠진 채로 최도혁은 거실을 서성였다. 그때 그의 시야에 거실 한복판에 떨어진 작은 카드가 들어왔다. 그 밑에 종잇조각이 깔려 있었다. 최도혁의 크레디트카드였다. 동생에게 현금처럼 쓰라고 준 물건이었다. 거기에 돈을 꾸준히 채워 넣는 것만으로 오빠가 해야 할 일을 다 하고 있다고 생각했었다.

그는 걸어가 카드를 집어 들었다. 카드 디스플레이에 낯선 숫자가 쓰여 있었다. −5,292포인트. 최도혁은 잠시 동안 그 뜻을 이해하지 못했다. 크레디트카드에 마이너스 포인트가 새겨져 있는 것을 본 적이 드물었던 탓이다. 몇 초 지나서야, 그는 자신의 국제신용점수를 떠올렸다. 국제신용점수만큼 최대한의 크레디트를 대출하고, 최도혁의 본래 계좌에 있던 크레디트만큼을 합치면 1만 달러 정도가 나올 터였다.

최도혁의 머릿속에 권효성의 목소리가 메아리쳤다. '2만 달러', '내가 반 댈게'.

그제야 최도혁은 카드 밑 종잇조각을 주시했다. 그는 벌벌 떨리는 손으로 종잇조각을 집어 들었다. 파란 사인펜으로 휘갈겨 쓴 글이 보였다.

'정상인들 사이에 섞여 살아야 한다고 말했지. 그런데 그렇게 말하기 전에 나를 이해할 생각은 안 해봤어? 오빠랑 같이 사는 것도 이렇게 괴로운데, 어떻게 내가 나랑 몸도 다른 정상인들 사이에 섞여 살아? 잘 있어.'

최도혁을 둘러싼 세상에 번개가 내리치고 있었다. 온몸이 저릴 정도로 떨려 왔다. 최도혁은 자기 여동생의 연락처로 전화를 걸었다. 아무도 받지 않았다.

7

"네 동생이랑 권효성, 지금 인천항에 있다. 상대좌표 불러줄 테니 똑바로 들어. 791, 885, 43. 반복한다. 791, 885, 43. GPS에 찍고 빨리 뛰어! 난 지원 요청할 테니까, 어떻게든 잘 구슬리고 있어. 함부로 싸웠다가 폭주하지 말고!"

스마트 이어폰으로 이주린의 목소리가 전해졌다. 최도혁은 구슬린다는 단어가 우스꽝스러웠다. 그는 최도연이 세상의 알 수 없는 저편으로 도망치고 싶을 거라는 생각을 한 적도 없었다. 그런데 구슬린다고? 설득한다고? 그 동생조차 자신을 설득하는 것이 불가능하다고 말했는데. 하지만 어쩔 수 없었다. 최도혁은 고개를 저었다. 그는 휴대폰에 제시되는 방향을 확인한 다음, 밤하늘을 한번 보았다.

그의 등에 난 가시 뼈가 하늘을 향해 날카롭게 솟아올랐다. 꿈틀거리는 허벅지 근육에 따라 청바지가 팽팽하게 죄었다. 디딘 바닥에 균열이 이는 것을 느끼면서, 최도혁은 하늘로 뛰어올랐다. 잠시나마 그는 인간을 구속하는 중력에서 벗어난 느낌을 받았다. 별빛과 강렬한 바람이 최도혁을 스쳐 지나갔다.

평소라면, 최도혁은 이 순간을 즐겼을 것이다. 그도 자신의 변이에서 나오는 힘을 사랑했다. 하지만 지금은 도저히 그럴 수 없었다.

순전히 도약력만으로 최도혁은 순식간에 인천항에 도달했다. 땀이 비 오듯 흘렀다. 그는 가장 가까운 빌딩 위에서 수많은 컨테이너를 바라보았다. 짭짤한 바다 냄새가 최도혁의 허파를 가득 채웠다. 도시의 광공해로 가득 찬 밤하늘에는 크레인이 가린 보름달과 목성만이 보였다.

"도착했어?"

이주린의 목소리가 이어폰을 타고 전해져 왔다. 그 목소리 너머로 귀를 찢는 헬리콥터 날개 소리가 들려왔다. 최도혁은 대답하지 않았다. 그는 침묵이 내린 컨테이너들 사이로 달렸다.

"도연아, 너 어딨어? 나랑 이야기 좀 하자. 응?"

최도혁은 자신이 동생과 제대로 대화할 수 있을지 스스로 의심스러웠지만, 일단 항구를 미친 듯이 헤맸다. 아무것도 보이지 않았다. 자신이 계속 같은 곳을 도는 건 아닌지 의심스러웠다. 익숙지 않은 공간에서 방향감각을 유지하기조차 쉽지 않았다. 그는 절망스럽게 말했다.

"도연이가 안 보여요. 안 보인다고요!"

"침착하고, 천천히 찾아! 이곳에 있는 화물선은 우리가 다 파악하고 있어. 지금 떠 있는 것까지 포함해서. 인천항에 밀항하는 게 쉬운 일인 줄 알아? 지금 헬기가 가고 있어. 공중에서 체크하면 되니까 침착해."

"공중?"

최도혁이 크레인을 올려다보았다.

"제가 위로 올라갈게요."

이주린이 소리쳤다.

"야, 너 조금 전에 그렇게 뛰었잖아! 폭주하지 않을 자신 있어? 저격당하기 싫으면, 감정을 통제해!"

커뮤니케이션의 이해

최도혁도 알고 있었다. 그는 자기 척추가 뻣뻣해지는 것을 느꼈다. 가시 뼈의 성장이 촉진되고 있었다. 자세가 조금씩 앞쪽으로 휘었고, 다리 근육이 저릿거렸다. 이대로라면 돌이킬 수 없는 변이를 맞을지도 몰랐다.

하지만 그에게는 더 중요한 목적이 있었다. 최도연이 보통 사람들 사이에서 살아가는 것. 그것이 최도혁의 유일한 목적이었다. 그는 다시 한번 뛰어올랐다. 이전까지 시도해 본 적 없는 높이로. 그가 정신을 차렸을 때는 크레인 위였다. 최도혁은 자기 손에서 비늘이 솟아나는 것을 느꼈다.

그 압도적인 높이가 주는 본능적인 공포감도 잊은 채, 그는 아래를 내려다보았다. 놀랍게도 조금 전보다 훨씬 더 시야가 또렷해져 있었다. 변이가 진행되고 있었다. 컨테이너 사이로 스쳐 지나가는 두 사람의 그림자가 보였다.

"최도혁, 멈춰! 그 위에서 아무것도 하지 말고 기다려."

다시 이주린의 목소리를 들었지만, 최도혁은 이제 아무 신경도 쓰지 않았다. 그는 다시금 뛰어내렸다.

"히익!"

권효성과 최도연은 그들 앞으로 떨어져 내린 것을 보

고 멈춰 섰다. 인간과 스테고사우르스와 과발달한 근육 뭉치를 뒤섞어 놓은 듯한 존재가 그들의 앞에 떨어진 것이다. 최도연은 멍하니 서 있다가, 의심에 가득 찬 어조로 말했다.

"…오빠?"

최도혁이 천천히 입을 열었다.

"집, 가자."

머릿속이 주걱으로 휘저어지는 느낌이었지만, 최도혁은 집중했다. 마지막 말만큼은 인간답게 하고 싶었다.

"잘못했어. 고민하고 있는 줄, 몰랐다. 앞으로, 네 이야기, 들어, 나. 제발 여기, 남아줘. 어디로, 가는지, 너… 모르잖아."

어슴푸레한 빛 아래에서 최도연의 눈이 떨렸다. 최도연도 스스로 알고 있었다. 그가 진정 벗어나고 싶은 곳은 정상인들의 사회가 아니란 것을. 최도혁의 관심을 가장한 철저한 무관심이었음을.

"하지만 오빠. 나는…"

권효성이 말을 막고 둘 사이에 섰다.

"도혁아, 우린 이미 돈 다 냈다. 저 앞에서 지느러미 달린 변이체들이 우릴 기다리고 있어. 그리고 너… 지금 이상하다. 알지?"

"그 브로커가, 확실한 사람인지… 몰라. 모르잖아. 기다리는 거, 확실해?"

"너는 그 꼴이 돼서도 항상 내가 믿는 게 이상하다고만 생각하네? 지금 누가 통제를 못 하고 있는 것 같아? 너? 아니면 나?"

최도혁은 자기 손을 천천히 들어서 바라보았다. 이미 인간의 손으로 보기 힘들 정도로 변형이 진행되어 있었다. 최도혁은 눈을 감았다. 그는 아직 인간답게 생각할 수 있었다.

"이야기, 이야기를 하자. 나랑."

"이야기? 너는 원래부터 제대로 이야기 못 하잖아?"

그때 눈을 멀게 할 정도로 강한 빛이 그들 위로 쏟아졌다. 셋은 정지했다. 하늘에서 익숙한 목소리가 들려왔다.

"권효성, 그리고 최도혁, 최도연. 너희 모두 포위됐다. 엎드려!"

셋은 고개를 들어 올렸다. 특개청의 로고가 새겨진 헬리콥터가 그들에게 스포트라이트를 쏟아붓고 있었다. 그제야 그들을 둘러싸고 있는 특개청 요원들의 실루엣이 보였다. 그들 모두가 완전히 무장해 있었다. 헬리콥터 날개 소리가 대기를 찢어발길 것만 같았다. 권효성이 최도혁을 죽일 듯한 눈으로 노려보았다.

"배신자 새끼. 우릴 특개청에 팔아넘겨?"

최도혁은 권효성의 눈이 빛나는 것을 보았다. 권효성의 몸에서 빠르게 키틴질 갑각이 돋아나기 시작했다. 동시에 푹 소리가 울려 퍼졌다. 권효성이 공중에서 무언가를 잡아챘다. 빠르게 변화하고 있는 그의 손끝에서 바늘이 빛났다.

최도혁은 생각했다. 이제 자유와 통제에 대해 생각할 수는 없었다. 추상적 개념에 대해 사고하기에 그의 뇌는 너무 퇴화해 있었다. 이제 그의 생각은 하나의 목적의식으로만 이루어져 있었다. 그는 동생을 위험으로부터 지켜야 했다.

괴성을 한 번 지른 후, 최도혁은 권효성에게 달려들었다. 커다란 병정개미처럼 변해가는 권효성은 도망치지 않았다. 최도연은 뒷걸음쳤다.

그리고 컨테이너의 숲 사이에서 급속도로 인간성을 잃고 있는 두 괴물이 충돌했다. 최도혁이 팔을 뻗었다. 권효성은 어느새 집게로 변해버린 턱으로 최도혁의 팔을 공중에서 잡아챘다. 최도혁은 팔을 빼내려 했지만, 집게의 무는 힘은 너무나도 강했다. 집게가 최도혁의 비늘을 관통했다. 피가 흐르기 시작했다.

커뮤니케이션의 이해

최도혁이 팔을 공중에 흩뿌렸다. 집게를 축으로 권효성의 몸이 공중에 볼썽사납게 흔들렸다. 최도혁이 권효성의 신체를 아스팔트 바닥에 내리쳤다. 아스팔트와 권효성의 다리를 둘러싼 외골격이 함께 박살 났다. 박살난 껍질에서 그 정체를 정확히 알 수 없는 초록색 체액과 불쾌한 덩어리들이 줄줄 흘러나왔다.

권효성이 딱딱대는 소리를 내면서 집게 턱을 풀었다. 그것은 신음처럼 들렸다. 최도혁은 너덜너덜해진 오른팔을 흘깃 바라본 다음, 권효성을 오른발로 짓이겼다. 순식간에 권효성은 괴물도 인간도 아닌 유기물질 덩어리로 변해버렸다. 그동안 특개청 요원이 쏜 마취탄 몇 개가 날아왔지만 최도혁의 껍질을 맞고 튕겨 나갔다.

그 참극 앞에서, 최도연은 완전히 굳어버릴 수밖에 없었다. 최도혁이 자기 동생을 바라보았다. 그는 최도연에게로 천천히 걸어갔다. 겁에 질린 채로 최도연이 말했다.

"오, 오빠. 정신 차려."

최도혁이 최도연 앞에 멈춰 섰다. 그는 자기 동생의 푸른 안광을 보았다. 그토록 익숙한, 아름다운 빛깔… 최도혁은 눈을 몇 번 껌뻑였다.

"도망쳐."

최도혁은 뒤돌았다. 컨테이너들 사이로 그를 둘러싼

특개청 요원들이 보였다. 그는 개의치 않고 그쪽으로 걸어갔다. 최도연은 굳어버린 채로 자기 오빠의 뒷모습을 바라보았다.

탕 소리가 울려 퍼졌다. 요원이 최도혁에게 총을 쏜 것이었다. 최도혁은 한쪽 무릎을 꿇었다가 다시 일어섰다. 그의 가시 뼈를 타고 달빛이 흘러내리고 있었다. 그는 멈추지 않고 요원에게로 천천히 걸어갔다. 요원들의 소총이 일제히 불을 뿜었다. 하지만 최도혁은 쓰러지지 않았다. 최도연이 소리쳤다.

"쏘지 마, 쏘지 마요!"

아무도 그의 말을 듣지 않고 있었다. 최도연의 눈에서 흐르는 안광이 더욱 강해지기 시작했다. 최도연은 손을 들었다.

그때 총소리와는 비교할 수 없는, 마치 대포 소리 같은 무시무시한 폭발음이 울려 퍼졌다. 최도연이 소리의 근원을 향해 고개 돌렸다. 하늘이었다. 이주린이 헬기의 문쪽에 설치된 대물저격총 앞에 앉아 있었다. 최도연은 이주린이 씩 웃는 것을 보았다.

당장이라도 터질 것 같은 가슴을 잡고, 최도연은 다시 최도혁 쪽을 바라보았다. 그는 이미 쓰러져 있었다. 헛구역질이 올라왔다.

8

복도 끝 검사실 문이 열렸다. 최도연은 검사실 밖으로 걸어 나왔다. 그의 왼쪽 손목에는 금속성의 은빛 광택을 내는 팔찌가 채워져 있었다. 그 팔찌에는 바탕체로 특개청이라는 문구가 음각돼 있었다. 최도연은 자기 손목에 찬 것을 혐오스러운 표정으로 몇 번 훑어보았다. 하지만 더 혐오스러운 것이 그를 기다리고 있었다.

"네 음모론대로 되었네?"

최도연은 경멸을 채 숨기지 못하고 이주린을 쏘아보다가 말했다.

"무슨 뜻이에요?"

"왜. 우리가 변이체들을 통제하려 든다던, 네가 믿던 그 음모론. 그것대로 됐다고."

인천항에서의 소요 이후 명분을 얻은 특개청에서는 며칠 지나지 않아 변이체들 모두가 이 팔찌를 의무적으로 착용해야 한다고 통보했다. 팔찌 자체는 그렇게 복잡한 물건이 아니었다. 그것은 싸구려 휴대폰과 가이거 계수기, 전기충격기를 대충 섞어서 만든 물건이었다.

팔찌 내부에 있는 센서는 본래 비전도 상태의 가스가 가득 차 있다. 변이가 일어날 때 발하는 특유의 방사선이 가스 입자를 이온화시키면, 센서 내에 일시적으로 전류가 흐르면서 능력 사용이 감지된다. 그리고 그 신호는 팔찌에 달린 통신기를 이용해 특개청의 서버로 전송된다. 이 안에는 GPS 따위도 당연히 장착되어 있다. 동시에 전기충격기는 변이체를 효과적으로 무력화시킨다.

최도연은 허망하게 한 번 웃고는 주저앉았다. 그가 천천히 말했다.

"오빠 말을 들었어야 했는데."

이주린이 웃으면서 다가왔다.

"꼬마야. 신경 쓰지 마. 어차피 사람은 자기 원하고 싶은 대로 원하고, 생각하고 싶은 대로 생각하니까. 네가 생각을 바꿀 사람이었으면 네 오빠가 무슨 말을 하건 알아서 바꿨을 테고, 아니었다면 무슨 말을 해도 못 바꿨을 거야."

최도연이 고개를 푹 숙인 채로 있다가 말했다.

"그럼 대화는 왜 하는 거죠, 상대에 영향을 미칠 수 있다는 희망이 없다면?"

"소통을 했다는 환상을 누리려고? 꼬마야. 사람을 바꾸는 건 말 몇 마디가 아니라, 사건과 경험이야. 너는 분명히 바뀌었지. 네 오빠의 죽음을 헛되이 하고 싶지는 않겠지?"

"네?"

이주린은 최도연이 얼굴을 드는 것을 보았다. 그의 빛나는 두 눈에서 공포와 경멸이 동시에 스쳤다. 자신의 오빠를 죽인 사람에 대한 경멸. 하지만 최도연은 이주린을 공격할 만큼 용감하지 못하다. 그는 미소 지으면서 말했다.

"네 오빠가 바라던 건 네가 정상인들 사이에서 살아가는 것이었지. 나는 네게 그 기회를 주려고 해."

이주린이 말을 이었다.

"너도 인천항에서 봤겠지만, 변이체가 폭주해 버리면 요원 한둘의 화력으로는 이겨내기 힘들지. 우리에게는 함께 일할 변이체가 필요해. 너 같은 꼬마가 필요하다는 뜻이지. 어때?"

이주린이 손을 내밀었다. 최도연은 멍하니 쳐다보다가 그 손을 붙잡았다. 최도연은 자기 오른팔이 자기 몸이 아닌 것처럼 생경하게 느껴졌다.

• 제목은 브로콜리너마저의 동명의 곡을 참조하였다.

◖

심너울

제노바이러스 포텐스타시스

우리 모두의 백과사전.

(이 문서는 넓은 의미의 제노바이러스 포텐스타시스에 관한 것
입니다. 인간 신체의 극단적인 변이를 유발하는 <u>제노바이러스
포텐스타시스 C</u>에 대해서는 해당 문서를 참고하십시오.)

제노바이러스 포텐스타시스(영어: Xenovirus Potenstasis)는
현재까지 세계에서 발견된 모든 외계 바이러스의 총칭이다. 일
반적으로 '제노바이러스'라는 이름으로 간략하게 부른다. 바이
러스로 불리기는 하지만, 제노바이러스는 현대 생물학에서 합의
된 그 어떤 생물학적 정의에도 꼭 맞아떨어지지 않는 특성을 가
지고 있다. 동물을 감염시키는 <u>병원체</u>이고, 또한 인간 세포를 이
용해 <u>스스로</u>를 복제하는 특성이 바이러스와 닮았기 때문에 제노
바이러스라는 이름이 붙여진 것이다.

제노바이러스 포텐스타시스의 모든 종이 공유하는 특성은 감염
된 숙주의 신체가 눈에 띌 정도로 변형된다는 것이다. 그중 가장
잘 알려진 <u>제노바이러스 포텐스타시스 C</u>는 감염된 숙주를 세포
단위로 변형하며, 숙주는 마침내 <u>변이체</u>라는 새로운 형태의 개

체로 탈바꿈해 버린다.

제노바이러스 포텐스타시스는 <u>2028년 4월</u> 한국의 김포공항에 떨어진 운석에서 처음 발견되었다. 당시 네 종의 서로 다른 제노바이러스 포텐스타시스종이 발견되었다. 그 이후로 새로운 종이 발견된 적은 없고, 변종 분화도 일어나지 않았다.

지금까지 제노바이러스 감염에 대한 효과적인 치료제는 발견되지 않았다.

구조 [편집]

제노바이러스 포텐스타시스의 구조에 대해서는 아직 정확도 높은 모델이 성립되지 않았다. 지금까지 알려진 것은 다른 많은 바이러스처럼 제노바이러스가 인지질로 된 외피로 둘러싸여 있고, 그 외피에 숙주 세포와 결합하는 표면 분자가 있다는 것 정도다. 그 표면의 분자는 일반적인 바이러스와 같은 단백질로 이루어져 있지 않으며, 오히려 규소로 이루어진 고분자 복합체라는 사실은 특기할 만하다.

제노바이러스의 게놈은 8종의 핵산 분자로 이루어져 있으며, 세 개의 서로 대칭인 나선이 같은 축 방향으로 놓인 삼중나선 형태로 이루어져 있다. 지구의 바이러스는 숙주 세포의 유전체에 통합되어서 해당 세포가 유전체를 복제할 때 함께 복제되는 전략을 취한다. 그런데 숙주 세포가 어떻게 완전히 다른 화학적 구조를 가지고 있는 제노바이러스를 재생산할 수 있는지는 알려지지 않았다.

세계 곳곳에서 집중적인 연구가 이루어지고 있지만, 실험실 환경에서는 제노바이러스 포텐스타시스가 숙주 세포에 부착하지 않는 현상이 일어난다. 입증될 수 없는 Ad Hoc적 설명이라는 비판을 받지만, 제노바이러스 자체가 능동적으로 분석에 저항하는 성질이 있다는 가설이 있다.

제노바이러스는 세포 복제시의 DNA 변이 방지 기작을 강화하는 것으로 알려져 있다. 이에 따라, 제노바이러스는 바이러스와는 달리 돌연변이에 대하여 일반적으로 면역이다. 돌연변이 방지

기작을 어떻게 강화하는지, 그 이후에 제노바이러스가 스스로를 어떻게 복제하는지에 대해서는 아직 미스터리다. 실험실 환경에서 제노바이러스의 유전체를 편집하는 실험은 모든 국가에서 엄격히 금지되어 있다.

기원 [편집]

제노바이러스 포텐스타시스의 기원은 명확하지 않다. 여기서는 경험적 증거를 제시할 수 없으나, 대중들에게서 받아들여지고 있는 기원 가설 몇 개를 소개한다.

번식용 나노머신 가설

제노바이러스 포텐스타시스는 숙주의 형태를 급격하게 변이시킨다. 어쩌면 변이체는 이 제노바이러스를 만든 외계 종족과 생물학적으로 같을지도 모른다. 그들은 인간이 상상할 수 없을 정도로 뛰어난 생명공학과 나노공학 기술을 가지고 있으며, 외계 지성체를 자신에게 동화시키기 위해 나노머신을 만들어 우주 곳곳으로 흩뿌렸다. 그리고 그 나노머신을 담은 운석 하나가 지구에 떨어지자, 감염된 동물들이 그 외계 종족의 모습으로 변하기 시작한 것이다.

생명의 씨앗 충돌 가설

우주에는 각기 다른 화학적 구조를 가진 여러 형태의 생명체가 일종의 씨앗이 되어 혜성과 운석, 소행성 등의 천체에 깃들어 있다. 지구의 생명체는 40억 년 전 떨어진 한 생명의 씨앗에서 진화했으며, 그리하여 다 같은 생화학적 모델을 따르게 된 것이다. 본래는 생명의 씨앗은 한 행성에 여러 개가 떨어져 서로 경쟁을 하는 것이 일반적이다. 또 다른 특성을 가진 씨앗이 이제야 지구에 도달했고, 뒤늦게 서로 다른 씨앗의 생명체들이 충돌을 일으키기 시작한 탓에, 급격한 변이 같은 현상이 발생하는 것이다.

침략 UFO 가설

사실 김포공항에 떨어진 것은 운석이 아니라 고도로 발달한 외계 종족의 UFO였다. 이 비행체 안에 있던, 무기로 사용하고자 만들어진 실험 생명체가 흘러나온 것이다. 정보적 우위를 선점하기 위해 한국 정부에서는 이를 최대한 은폐하고 있다. 초국가적 시민단체 디펜더스 오브 휴머니티에서는 전 세계의 모든 국가가 해묵은 갈등을 초월하여 외계 종족의 침략에 대비해야 한다고 주장하고 있다.

그림자 정부의 세계 청소 가설

제노바이러스는 지구 밖에서 온 게 아니라 이 세계를 뒤에서 이끌고 있는 <u>그림자 정부</u>가 직접 개발한 것으로, 너무 많은 인구를 청소하기 위해 직접 제노 바이러스를 설계했다는 <u>음모론</u>적 가설이다.

유형 [편집]

제노바이러스 포텐스타시스에는 네 가지 종이 있다. 네 종은 지극히 상이하고 유전적 특성도 많이 공유하지 않지만, 제노바이러스에는 분류학적 기준이 무의미하므로 편의상 종이라는 단어로 구분한다.

가장 먼저 발견된 <u>제노바이러스 포텐스타시스 A</u>는 가장 거대하고 지금까지 제일 많이 연구되었다. A종 내부의 유전체 정보 크기는 300킬로바이트 정도다. A종은 인간을 제외한 대부분 포유류를 감염시킨다. A종은 분변 ─ 구강 경로를 통해 전파되는 듯하다. 감염시 증상은 일반적으로 극심한 구토와 설사 등이며 이는 일주일 안에 자연스럽게 낫지만, 약 0.2퍼센트 정도의 동물은 맹렬한 공격성을 가진 변이체로 변화한다. A종으로 인해 반려동물 산업 및 축산업 시장에는 엄청난 혼란이 일어나기도 했다. 어떤 개체가 A종으로 인한 변이에 취약한지에 대해 연구가 진행되면서, 인간의 제노바이러스에 대한 이해가 확장되었다.

제노바이러스 포텐스타시스 B는 지금까지 어떤 생물을 감염시키는지 밝혀지지 않았다. 대도시 하수구 등에서 채취하는 샘플에서 B종이 발견되고 있는데, 이는 어떤 식으로든 B종이 증식하고 있다는 사실을 암시한다. 어떤 사람들은 B종이 다른 제노바이러스와는 달리 스스로 분열한다고 주장하지만, 지금까지 비활성 B종 개체가 스스로 분열하는 것이 관찰된 적은 없다.

제노바이러스 포텐스타시스 C는 가장 작고 극도로 탐지하기 힘들고, 그 탓에 가장 연구가 더디다. 공기 중으로 전파되며 오직 인간만을 감염시킨다. 감염된 사람 대부분은 며칠간 열병을 앓고 낫지만, 유전적 민감성을 가진 사람들은 변이체가 된다. 다른 제노바이러스 종과는 달리, 이 변이는 개인의 의지에 따라 어느 정도 통제할 수 있다는 점이 특기할 요소다. 인간의 변이는 변이체 본인의 감정 상태와 연결되어 있으며, 호르몬과 신경전달물질 농도가 향후의 변이 정도를 예상하는 데 중요한 요인이 된다. C종에 감염된 변이체들 중 일부가 현대 물리학으로 도저히 설명될 수 없는 초능력을 사용한다는 것이 보고되었지만, 공식적으로는 부인되고 있다.

제노바이러스 포텐스타시스 D는 식물을 감염시키는데, 감염된 식물은 보통 아무 증상도 보이지 않으며, 오직 0.0002퍼센트의 식물만이 변이한다. 지구를 뒤덮고 있는 식물의 수를 생각해 보면 이는 아주 큰 다행이다. 식물 변이체 중 일부는 산업적으로 유용하게 사용될 수 있는 성질이 관찰되었다. 미국 캘리포니아주에서 제노바이러스 D종에 감염된 아보카도 나무의 섬유질 구조가 탄소 나노 섬유의 그것과 같이 변하여 초고강도가 된 것이 그 예시다. 그러나 식물 변이체를 연구 이외의 목적으로 사용하는 것은 전 세계에서 금지되고 있다.

같이 보기 [편집]

- 2028 제노 팬데믹 사태
- 김포공항 운석 추락 사건
- 디펜더스 오브 휴머니티
- 변이체
- 변이체 초능력
- 제노바이러스 백신
- 특수인재개발청

5

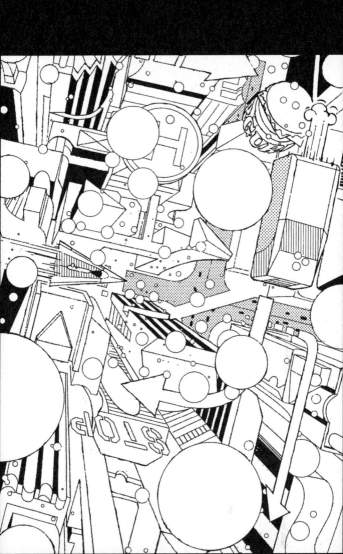

"

범우주연합 United Pancosmo
시대가 오기 전에
지구상 국가 간 분쟁이
모두 사라지기를
바랍니다.

"

"드실 거예요, 점심?"

파티션 너머에서 건너온 건 미묘한 물음이었다. 질문이 나온 방향으로 고개를 들었다. 빤히 보는 눈길. 웃음기 없는 입매. 전혀 궁금해 보이지 않는 표정.

"아, 네. 먹어야죠."

아무리 생각해도 이상한 질문이다. 때 되면 퇴근하실거예요? 밤에는 주무실 거예요? 그런 질문. 밥때를 챙겨주는 것 같으면서도, '진짜 먹으려고?'라며 면박을 주는듯한… 이렇게까지 생각하는 건 내가 꼬여서인가?

이윽고 다른 팀원이 법인 카드로 김치찌개를 시켰다고 알렸다. 또? 또 김치찌개. 당연히 또 중자로 시켰겠지. 그러면 공깃밥이 세 개밖에 안 오고 자리에 있는 팀원은

●

네 명이므로 한 명은 탕비실에서 즉석밥을 데워와야 한다. 돌아가면서 한 명씩 그렇게 하면 말을 않겠는데, 회의용 긴 테이블에 신문지를 깔고 찌개 포장을 뜯다 보면 어느새 다들 제 몫의 공깃밥을 가져간 뒤였다. 말 그대로 밥그릇 챙기기 싸움에서 나는 매번 밀리는 거였다.

적당한 때를 보아 자리에서 일어났다. 팀원들이 일제히 두드려 대는 자판 소리가 식욕을 감퇴시켰지만, 기죽지 않고 일하려면 밥은 꼭 먹어야 했다. 탕비실로 가서 즉석밥을 뜯었다. 햇반도 아니고 오뚜기밥도 아닌, 회사 대표가 어디서 추석 선물로 받았다는 수상한 즉석밥. 전자레인지 작동 버튼을 누르자마자 팀원 하나가 탕비실 문을 노크했다.

"예란 님, 콜 와요."

나는 팀원과 주황색 불이 들어온 전자레인지를 번갈아 보았다.

"저, 이것만 하고 나갈 테니 당겨 받아주시면 안 될까요? 담당자 부재중이라고 말씀해 주셔도 좋고요."

'제가 왜요?'라는 듯한 얼굴을 한 채 팀원은 그대로 서 있었다. 말없이 짧은 실랑이가 이어졌고 열려 있는 탕비실 문틈으로 내 자리 전화벨 소리가 요란하게 쏟아져 들어왔다. 내가 졌다.

●

박서련

자리에 털썩 앉아 마이크 헤드셋을 착용했다.

"나만의 행복한 여행 안전한 여행, 전우주투어 엄예란입니다. 무엇을 도와드릴까요?"

수화기에서는 알 수 없는 외계어 같은 것이 흘러나왔다.

"잠시만요."

전화기 모니터의 통역 기능 버튼을 눌렀다. 그제야 상대방 말이 제대로 들리기 시작했다.

"…그래서 지금 막 인천공항에 도착했는데요, 지금 바깥 기후는 어떤가 싶어서요. 잠깐 옷을 살 여유가 있을 것 같은데…"

"아, 실례지만 고객님 성함이 어떻게 되시지요?"

동문서답 같지만 필요한 질문이었다.

"닐바… 예요. 오손 닐바."

"네, 잠시만요."

어깨와 귀 사이에 전화기를 끼고 키보드로 방금 들은 이름을 입력했다. 오손 닐바. 오늘 오후 내방하기로 했던 예약 고객. 악천후로 비행기 스케줄이 꼬였거나 비행시간이 길어진 모양이었다.

"고객님, 우선 한국에 오신 걸 환영합니다. 한국은 지금 겨울이에요. 겨울에는 기온과 습도가 매우 낮고, 대기

●

중에 눈이라고 하는 성긴 얼음 결정이 날리는 기상 현상
이 일어날 수 있기 때문에, 모자가 딸린 두꺼운 옷을 입
는 것이 좋습니다."

메란드가의 언어에 겨울이나 눈을 뜻하는 단어가 있
을까? 내 말이 제대로 번역될까? 나는 그에 주의를 기울
이며 풀어서 설명했다. 닐바는 음, 하며 짧게 망설이는
소리를 내더니 다시 물었다.

"혹시 공항에서 시내로 데려다주기도 하나요?"

이번에는 내가 고민할 차례. 사무실 방문을 예약했다
는 것은 여행 상품을 아직은 구입하지 않았다는 의미다.
그러니까 엄밀히는 고객이 아닌 상태. 그렇지만 여태껏
내방한 예약자 중에 여행 상품을 구입하지 않는 사람은
하나도 없었다. 의지할 곳 하나 없는 낯선 땅에 와, 그나
마 돈만 주면 고향처럼 편안하게 모셔준다는 사람들과
만나는 건데, 당연하다면 당연한 처사. 교과서적으로 대
응한다면… 사무실까지는 직접 와주셔야 할 것 같습니
다, 고객님. 유도리 있게 처신하자면…

"비용이 추가되는데 괜찮으실까요?"

"그럼요. 감사합니다."

"공항으로 직원을 보내드리도록 하겠습니다. 계절 의
류를 구입하면서 잠시 기다려 주세요."

●

박서련

물론 보낸다는 직원은 다름 아닌 나. 규모가 큰 여행사인 척하려면 가끔 3인칭 화법을 써야 한다. 직원을 보내는 사람은 나, 보내지는 직원도 나. 고객은 그 사실을 알 리 없고 알 필요도 없다. 내방 고객에게도 여기가 번듯한 기업의 지사 중 하나인 것처럼 애매하게 소개하곤 하지만 사실 여기가 본점이며 유일한 지점이다. 거물 고객들을 맡아 큼직큼직한 일들을 하니까 큰 회사가 맞고 실제로 몇 명이 일하든 지점이 몇 개든 큰 회사답게 해야 한다는 것, 그건 대표가 귀에 못이 박이도록 해대는 소리기도 했다. 어차피 내가 공항에서 명함을 내밀면 전화를 받은 사람이 여기에 직접 왔구나 하고 고객도 깨달을 텐데 왜 꼭 그래야 하는지는 모르겠으나.

하지만 이 회사가 일하는 방식을 아직 알 리 없고 굳이 알 필요도 없는 오손 닐바, 예비 고객은 순진한 목소리로 인사했다.

"감사합니다."

"네, 전우주투어 엄예란이었습니다. 감사합니다."

전화를 끊고 일어나 외투를 챙겨 입었다. 출입문 옆 행거 곁에 서서 우리 팀 자리를 잠깐 보다가 문을 나섰다. 점심은 먹고 가지 그러냐고 잡기는커녕 모니터에서 잠시라도 눈을 떼는 기색조차 없었다. 팀원들 모두가.

●

눈이 내릴 것 같은 날씨다. 전철을 타고 갔다가 택시로 모시고 나오는 게 합리적이겠지. 비용은 나중에 청구하고.

가는 데 드는 시간은 대략 한 시간. 아직 계약한 고객이 아닌데 한 시간 사이에 마음이 변해버리면 어쩌지. 왜 진작에 공항으로 마중을 나오지 않았느냐며 호통을 친다든가. 그러면 기껏 인천까지 가놓고는 허탕을 치는 거겠지. 이 추운 날 왕복 두 시간을 밖에서 고생해 놓고.

공항철도가 바다를 지나는 동안에, 한겨울 잿빛 바다를 무심히 수놓은 윤슬의 빛들이 시속 150킬로미터로 따라오는 것을 내다보는 동안에 내가 하고 있던 생각은 온통 그랬다.

이게 맞나?

다들 이러고 사는 게… 맞나?

팀에서 따돌림을 당하는 것은 아니었다. 실적 경쟁이 알게 모르게 있다 보니, 나를 제외한 팀원들끼리도 은근히 서로 견제하는 편이었다. 다만 그런 암투에 가장 서툰 사람이 나라는 것이 어쩔 수 없이 표가 날 뿐. 팀원들이라고 나를 마냥 쉽게만 생각하는 것도 아닌 듯했다. 예란 님은 참 곁을 안 내주는 사람이네요. 언젠가 어느 팀원이 했던 평가를 나는 문득문득 곱씹곤 했다. 정확

박서련

히 무슨 의도로 한 말인지 궁금했지만, 알게 된다고 해서 좋아질 것 같지는 않았다. 곁을 내주지 않는 지금도 이렇게 대하는데 곁을 내주면 얼마나 더하려고?

지겨워.

이게 어디 근사한 곳으로 가는 길이었으면 좋겠다. 일 때문에 누구를 마중 나가는 길이 아니라.

그런 생각을 하자니 시간은 잘 갔는데, 기껏 마중 나가 만난 고객이 생각이 바뀌었다고 하면 어쩌나 하는 불안감도 영 잊히지를 않아서, 자리가 나서 앉았는데도 영 앉은 것 같지가 않았다.

공항 로비층 편의점 앞에서 만나자는 말과 함께 내 인상착의에 대한 설명을 메시지로 보내두고 전광판 어플을 켰다. 오손 닐바. 고객의 이름이 담긴 휴대폰 화면을 가슴 높이로 들고 있자니 내한하는 해외 스타를 기다리는 팬으로 오해받지 않을까 하는 생각이 문득 들었는데, 오해할 만큼 나를 유심히 보는 사람은 딱히 없었다. 이놈의 자의식 과잉을 어쩌면 좋아.

얼른 계약서 사인받고 택시 태워서 호텔에 데려다준 다음에, 내일 보자 하고 일찍 퇴근해야지.

편의점 앞 원형 기둥을 장식한 광고 모니터를 멍하니 보면서 나는 퇴근만을 생각하고 있었다. 관광 공사 광고,

●

분말 커피 광고, 기초화장품 광고, 프로 농구 리그 광고, 신발 광고, 패딩 점퍼 광고가 순서대로 출력되었는데, 기둥 위에 길고 하얀 패딩 점퍼를 입은 모델이 나올 때마다 정신이 들었다. 예비 고객 오손 닐바는 겨울옷을 제대로 샀을까? 예전 어떤 고객처럼 옷도 혼자 못 사서 또 내가 백화점까지 데려가 줘야 하는 건 아니겠지? 이런 정신. 그런데 광고 묶음이 예닐곱 번쯤 반복되었을 즈음, 패딩 점퍼 광고가 끝나자마자, 기둥 뒤에서 그 모델이 걸어 나왔다.

내가 미쳤나?

눈을 힘껏 끔뻑이고 다시 보니 다른 사람이었지만, 그렇게 보인 것도 무리는 아니었다. 대형 광고 모니터는 광고 모델을 실제와 같은 크기와 등신비로 출력하고 있었는데, 그처럼 머리가 작고 키가 큰 사람이 똑같은 옷을 입고 기둥 뒤에서 나왔으니까. 정작 놀라운 건 바로 그 사람이 내게 다가오고 있다는 사실이었다.

"…?"

목소리를 들으니 의문이 풀렸다. 아, 이 사람이 오손 닐바구나.

"…"

그리고 지금 내가 통역기를 안 끼고 있구나.

●

"잠시만요, 고객님."

자리에 주저앉아 가방을 뒤져 이어 클립형 통역기를 찾아내고 귀에 단 채로 다시 일어나자 바싹 다가온 오손 닐바와 나의 키 차이가 느껴졌다. 정말 크네. 나도 그렇게 작은 키는 아닌데.

다음 순간 오손 닐바는 미소 띤 얼굴로, 마침내 내가 이해할 수 있는 말을 했다.

"나를 기다리고 있었군요."

그 미소와 목소리가 나의 몸을, 나의 실존을 경유해 내 뒤의 벽에 부딪힌 다음 메아리쳐 내게 되돌아오는 것처럼 느껴졌다.

세차게 고개를 끄덕이면서, 도대체 무엇을 얼마나 긍정하고 싶길래 내가 이러는지 나 자신도 잘 모른다는 사실을, 마치 장난감처럼 끄덕이는 고개를 도통 멈출 수 없다는 사실을, 나는 의식했다.

내가 미쳤나 봐.

예비 고객 오손 닐바는 그렇게도 매력적인 존재였다.

오손 닐바는 도쿄에서 왔다. 정확히는 나리타 공항에서. 울리야노프스크에도 보스토치니에도 아직은 서울과 곧바로 이어지는 노선이 취항해 있지 않기 때문이다. 오

●

손 닐바는 일본인도 러시아인도 아니다. 오손 닐바는 메란드가에서 왔다. 지구본의 어디에도 없는 곳에서. 우주 외교 전공자씩이나 되어서 이렇게 말하면 한심하게 들리겠지만, 그러니까, 저 우주 머나먼 곳으로부터.

표정과 몸짓언어는 우주 외교학 입문에서 중요하게 다루는 부분이다. 지구상 국가 간의 외교에서 그렇듯이, 혹은 그 이상으로, 중요하게 다룬다. 우주 외교에서는 제일 먼저 외계 존재에게도 감정이 있다는 사실을 배운다. 너무 당연한 걸 배우는 거 아닌가? 뉴스에서 나오는 외행성인들만 봐도 알 수 있는 거잖아? 이렇게 생각하는 게 통상적인 반응일 것이다. 그러나 어떤 사람들은 놀랍게도 바로 옆의 지구인이 감정을 느낀다는 것조차 모르기도 하니까, 그걸 굳이 대학 교육과정에서 가르쳐 주는 것이다.

우주 외교 입문에서는 외계 존재는 다양한 신체 형태만큼이나 다양한 언어 구사 형식을 지니고 있기에 비언어적 표현의 예절이 더욱 강조된다고 배웠다. 지구인이 느끼는 희로애락과는 방식이나 강도에서 차이가 있지만, 그와 매우 유사한 감정을 그들도 가지고 있다는 것을 늘 기억해야 한다. 아무리 품질이 대단한 통역기라도 감정은 옮겨주지 못한다는 것 또한.

●

그걸 배우던 때에 내가 과제 주제로 삼았던 행성이 바로 메란드가였다. 메란드가인은 드물게도 지구인과 매우 흡사한 존재 양식을 지닌 종족이기 때문에.

우주적 규모에서 드문 것은 지구에서 드물다는 개념과는 차원이 다르다. 우주에서 발견된 지구인과 흡사하게 보이는 종족은, 언뜻 보기에 인간이나 마찬가지지만 체성분이 100퍼센트 액체로 구성된 종족이나, 지구인과 비슷한 진화 과정을 아직도 거치고 있지만 현재의 외형은 인간보다는 유인원에 가까운 종족, 또 생김새가 무척 닮았고 지적 수준 역시 대략 상응하면서도 생활 양식이 크게 달라 그 행성의 생물 지위상 곤충에 해당하는 작은 동물을 주식으로 삼는 종족 등, 생김새만으로 친밀감을 느끼기에는 거리가 꽤 먼 존재가 대부분이다.

하지만 메란드가인은 지구인과 정말로 비슷하다. 한 개의 머리와 몸통, 각각 한 쌍으로 이루어진 팔다리와 손발을 가지고 있으며, 두 발을 이용한 직립보행을 하는 종족답게 두 손을 사용한 도구 문화를 발전시켰다는 공통점이 있고, 그를 기반으로 한 의식주 양식 또한 대단히 닮았다. 그런 종족이 지구인과 비슷한 계기로 기쁨과 슬픔을 느끼는 것은 그다지 놀랍지 않은 현상이다.

따라서 닐바가 보여준 미소는 분명 미소였다. 통증이

●

나 당혹감으로 인한 찌푸림, 혹은 안면 근육의 우연한
경직이 만들어 낸 착각 같은 것이 아니라.

"대단해요, 지구에는 다양한 탈것이 있군요."

닐바는 얼굴과 목소리로 순수한 찬탄을 표현했으나
나는 닐바가 택시도 아니고 공항 철도도 아닌 리무진 버
스를 선택했다는 사실에 작은 불만을 느끼고 있었다. 하
지만 줄곧 창문도 열 수 없는 비행체에 갇혀 있었던 것
이 답답해 지상 운송수단이 좋고, 기왕이면 지구인을 많
이 볼 수 있는 '큰 탈것'이 좋다니 어쩔 수 없었다. 하긴
평소 모시던 고객들과는 달리 외계의 구경거리로 만들
염려가 적어서 굳이 택시를 고집할 필요는 없었다. 기왕
영수 처리 되는 거 편하게 가려던 계산이 틀어져서 그
렇지.

"메란드가는 어떤데요?"

거기에는 버스도 없나요? 이런 말로 들리지 않기를 바
라며 나는 물었다. 아무리 민간인끼리의 대화라지만 엄
연히 외교적 실례가 될 수 있는 질문이니까.

"주로 배를 타니까요, 메란드가에서는. 작은 배, 큰 배,
더 큰 배, 굉장히 큰 배가 있죠."

그러고 보니 메란드가에는 강과 운하가 많다고 들었

●

다. 행성 표면에 물이 많아 수상대도시가 크게 발달했다는 이야기도.

"바퀴의 발명이 늦은 편인가요?"

"다른 행성의 문명과 비교하면 그럴 거예요. 적어도 지구보다는. 지상 운송수단은 배로 충분하거든요."

나는 메란드가의 우주 외교사(史)가 지구보다 훨씬 오래되었음을 떠올렸다. 그런 문명이 우주 외교와 성간 교역에 참여할 만큼의 발달에 이른 게 새삼 대단하게 느껴졌다. 아니, 어쩌면 부력을 이용한 탈것의 개발에 몰두해 우주 진출이 일렀던 것일지도. 바퀴를 이용한 탈것이라는 고정관념으로부터 자유로웠을 테니까.

"그런데 재미있는 질문을 하네요. 메란드가에 대해 잘 아는 것 같아요."

닐바가 웃으며 말했다. 그야 새로운 고객의 출신 행성 정도는 조사하기 마련이니까. 닐바가 우리 회사를 찾은 첫 번째 메란드가인도 아니고. 조사라고 해봐야 어디까지나 표면적이어서 메란드가에는 버스에 해당하는 바퀴 달린 탈것이 없다는 사실도 파악하지 못했고, 메란드가인을 내가 직접 케어하는 것은 이번이 처음이긴 했다.

"우주 외교관이 꿈이었거든요."

불쑥 말해버리고는 내가 더 놀랐다. 그냥 외교관이 되

●

기도 어렵지만 우주 외교관은 그보다 수백 배 더 되기 어렵다는 것을 알고 한참 전에, 그러니까 우주 외교 입문 수업을 들을 무렵에 진작 포기했는데. 애초에 진지하게 꿈꾼 것도 아니었는데. 대통령 되면 기분 째지겠지? 이와 같은 느낌으로 가볍게. 우주 외교관이 되면 얼마나 좋을까 잠깐 생각한 정도였는데. 나로서도 어이가 없는 나의 돌발 고백에 닐바는 한술 더 떴다.

"잘하겠는데요? 어울려요."

나에 대해, 그러니까 만난 지 한 시간도 안 된 타행성인에 대해 뭘 안다고 그런 말을 하지? 직업인답게 황당한 내색은 하지 않으려 애쓰며 닐바를 쳐다보았는데, 닐바는 막 창밖의 풍경에 마음을 빼앗긴 참이었다. 버스가 다리 위에 오르면서 만조가 된 인천 바다 위를 달리기 시작했기 때문에.

"이게 지구의 바다군요. 가까이에서 보니 정말…"

아름답다? 경이롭다? 근사하다? 장엄하다? 나는 지난 고객들이 지구의 풍경을 보고 했던 말을 떠올렸다. 지표면의 물이 지구보다 적어서 바다라 부를 만한 공간이 없거나, 바닷물을 이루는 성분의 차이로 전혀 다른 색을 띠는 별에서 온 고객들이 하는 말. 솔직히 그런 말들은 이제 뻔하고 지겹게 들렸다. 티브이 프로그램에 나와서

●

김치를 먹고 따봉을 해 보이는 외국인들에게 느끼는 멀미처럼. 하지만 닐바는 조금 다른 말을 했다.

"두려워요."

그렇게 말할 때 닐바는 내게서 완전히 고개를 돌리고 있었기에 어떤 표정을 짓고 있는지 알 수 없었다.

"그건 그렇고…"

현장학습이나 데이트 같은 것이 아니므로 일을 해야 했다. 달리는 버스 안에서 할 수 있는 일이랄 게 따로 없긴 하지만, 마침 할 수 있는 일이 있었다. 서비스 계약서에 서명받기. 그럴 사람으로 보이지는 않지만, 기껏 시내에 데려다 놓았더니 거기서부터는 알아서 하겠다고 할지도 모르고, 그렇게 되면 두 시간 넘게 공짜로 봉사활동을 한 셈이 되어버리니까. 나는 가방을 열고 스마트 패드를 꺼내려 했다.

아니, 있었으면 꺼냈을 것이다.

"아, 이런 씨…"

욕을 하려다 황급히 입을 막았다. 닐바의 통역기는 내 말을 뭐라고 번역했을까? 어쨌든 스마트 패드가 없었다. 사무실 따위 빨리 뜨고 싶어 그랬는지, 계약서도 챙기지 않고 그냥 나온 것이었다. 힘이 쭉 빠져서 양손을 가방 위에 털퍽 떨어뜨리고 고개도 뒤로 젖혔다가 닐바를, 그

●

두렵다는 지구의 바다를 정신없이 보고 있는 뒷모습을 향해 눈을 돌렸다. 설마 뒤통수를 치지는 않겠지. 이 머나먼 타향에서 헛짓거리할 생각은, 설마.

회사와 제휴한 서울역 근처 호텔에 닐바를 투숙시키고 여분 카드키를 받아 챙길 때까지도 의심은 걷히지 않았다. 호텔에서 나와 엘리베이터도 없는 4층 사무실까지 뛰어갈 동안에도.

당연하게도 인사는 고사하고, 왜 돌아왔느냐는 말 한마디 없었다. 그건 편했다. 실수로 스마트 패드를 챙기는 걸 깜빡했다며 바보처럼 웃어 보일 필요가 없는 것. 눈치를 보면서, 또 빠뜨린 것 없나 살피면서 가방을 챙겼다. 그사이 옆자리 팀원이 외근을 나갔는지 자리가 비어 있었다. 그 빈 의자를 보자 어째서인지 참을 수 없이 배가 고파졌고, 배가 고프기 시작하니 돌려놓고 꺼내지 못한 즉석밥 생각이 났다.

탕비실로 가서 확인해 보니 물론 즉석밥은 전자레인지 속에 그대로 있었다.

그게 내 신세처럼 보였다. 햇반도 아니고 오뚜기밥도 아닌, 알지도 못할 기업에서 만든, 그저 그런 맛이 나는 즉석밥. 그나마도 차갑게 식고 딱딱하게 굳은 채로 잊혀버린. 그 기분이 어느새 배고픔도, 닐바가 계약서에 서명을 안 해주면 어떡하느냐는 불안감도 대신해 버려서, 호텔로 돌아가는 동안에는 다른 아무 생각도 들지 않았다.

닐바는 싱거울 만큼이나 시원시원하게 서명을 해주었고, 나는 바라던 대로 조금 이른 퇴근을 할 수 있었다.

범우주연합Unitied Pancosmo의 개입으로 지구가 우주 외교 시대에 진입한 지는 대략 반세기, 민간인의 관광 목적 방문이 허용된 지는 10여 년이 되었다. 점수에도 맞겠거니, 졸업하고 공무원 시험을 볼 때도 유리하겠거니 막연히 생각하며 정치외교학과에 들어간 내가 세부 전공을 우주 외교로 정한 것도 그래서였다. 우주관광 시대가 열리자 이곳저곳에서 장래 유망 분야로 우주 외교와 그 인접 학문들을 꼽아댔고, 나는 딱 남들만큼 소박한 기회주의자인 동시에 남들보다 조금 더 귀가 얇았기에 그 말을 곧이곧대로 받아들였던 것이다. 개설된 지 얼마 되지 않은 신생 세부 전공이라는 점은 이 분야가 블루오션이라는 걸 말해주는 듯했고, 일반 정치외교학에다 문화인류학 한 숟갈, 언어학 한 꼬집, 생물학과 최신 성간 교류 이슈를 살짝 뿌려놓은 듯 보이는 조금 색다른 커리큘럼 또한 배우는 보람이 쏠쏠했다.

문제는 우주관광에 여전히 어마어마한 비용이 든다

이다음에 지구에서 태어나면

는 점이었다. 잘사는 나라 사람이 못사는 나라에 방문하는 건 마음먹기 나름이지만, 못사는 나라 사람이 잘사는 나라를 여행하는 건 이룰 수 있을지 없을지 가늠도 하기 힘든 일생일대의 소망에 가까웠다. 하물며 한 행성 안에서도 그런데, 우주로 나가면 어떨까? 때로는 공간 워프까지 가능한 우주선이 끼어 비용이 말 그대로 천문학적으로 상승해 버리기도 했다. 그렇다 보니 우주여행을 의뢰해 오는 한국인 고객은 내가 일하는 동안 한 해 평균 한두 명꼴밖에 되지 않았다. 타 행성에서 한국으로 오기를 희망하는 케이스가 회사의 주 고객층이었지만, 그나마도 한 달에 서너 팀 정도면 많은 편이었다.

한국에 몇 되지도 않는 우주관광 여행사의 사정이 이런데 이 분야의 어디가 유망하단 말인가. 꼴에 대외적인 이미지는 좋아가지고 회사 대표가 대학이나 대기업에 특강이다 인터뷰다 나돌며 블루오션 블루오션 떠들어 댔지만, 국내 우주관광 산업에는 영 성장의 기미가 돌지 않았다. 처음 진입했을 때는 우리 회사가 이 분야에서 국내 최초니까 여기에 입사한 내 커리어도 창창할 거라 착각했지만, 정신을 차리고 보니 비슷한 회사가 별로 없어 이직도 어려운 상황이었다.

나름대로 희귀 업종이어서 서비스 수임료가 높고 직

박서련

원 커미션도 나쁘지 않다는 것은 위안 삼을 만했지만, 국제분쟁보다도 복잡하고 예민하며 양상이 다양한 우주 분쟁의 상황에 따라 몇 되지도 않는 고객이 완전히 끊길 위험의 소지도 늘 있었다. 실제로 몇 번인가 간당간당한 상황이 닥쳐오기도 했다. 팀원들 사이의 경쟁심이 강한 것도 이런 맥락에서였다. 서비스 수임은 팀원들이 돌아가며 맡는 편인데, 어쩌다 누가 하나라도 더 맡으면 나머지는 손해를 보는 셈이 되니까.

다행히 메란드가에서 오는 고객의 수만큼은 거의 유지되는 편이었다. 우주의 외교적 상황이 매우 나쁠 때에도. 메란드가에서 한국을 찾는 여행자는 한 해에 예닐곱 팀. 그 무수한 행성과 문명을 따져보면, 단일 행성 출신 고객으로서는 말도 안 될 만큼 높은 비중이었다. 메란드가인들이 다른 종족보다 특별히 부유한 건 아니었다. 지구를 찾는 메란드가인들은 한국만큼 다른 나라도 많이 방문했기에, 다른 어떤 나라의 문화나 환경보다 한국의 그것에 매력을 느낀다고는 보기 어려웠다. 게다가 기왕 지구에 온 김에 곳곳을 둘러보고 싶어 하는 여행객들과 달리 한 번에 한 나라에만 짧게 다녀갔다.

메란드가인 목격담은 마치 영화배우 실물 목격담처럼 온라인상에서 화제가 되곤 했다. 키가 크고 뚜렷한 이목

구비가 해사한 인상으로 배치되어 있으며 팔다리와 사지 말단 모두가 길쭉길쭉. 즉, 지구인의 미적 기준에 부합하는 생김새가 그들에게는 평균적이어서, 지구인의 이상을 담아낸 듯 수려한 외양을 지녔으며 지구를 사랑하는 온순한 여행자들이란 인상을 주기 충분했다. 따라서 메란드가를 지구의 쌍둥이 행성으로 여기며 친밀감을 갈구하는 지구인은 많았다. 메란드가인들 또한 그렇게 느끼는지는 알 수 없으나.

그럼에도 메란드가인들이 지구에 크나큰 애착을 느끼고 있다는 사실만큼은 자명했다. 지구는 메란드가의 사후 세계라고 하므로.

출근길 창밖으로 보이는 고급 브랜드 아파트가 한 동 통째로 우주로 발사되는 광경을 나는 상상했다. 다른 행성을 관광하는 데에는 실로 그 정도 비용이 드니까. 그렇게 해서 갈 수 있는 곳이 단순한 관광지가 아니라 사후 세계라면? 그렇게라도 사후 세계를 체험해 보고 싶은 사람들이 있겠지. 그게 지구에 오는 메란드가인들의 심정이겠지. 우주여행으로 천국 또는 지옥에 가볼 수 있게 된다면, 지구인들 역시 어떤 대가를 지불해서라도 도전하려 하겠지.

●

다른 지구인들이 아니라 나라면? 비용이며 사후 세계의 존재 가능성은 다 그렇다 치고, 만약 그 기회가 나에게 주어진다면, 나는… 나는 사후 세계가 궁금한가? 갑자기 든 그 생각이 머릿속을 헤집어 놓았다. 안 그래도 시린 손발이 더 차가워지는 것 같아 괜히 꼼지락대다가 버스에서 내렸다. 사무실에 들르지 않고 닐바가 묵는 호텔로 직행했다.

"들어가도 되나요?"

두 번 노크하고 묻자 닐바가 문을 열어주었다. 마치 문 앞에 서서 기다리고 있었던 것처럼. 새삼스럽지만 아침부터 아름답고 잘생겼네. 잠깐이지만 홀린 듯한 기분으로 문틀을 붙든 채 멍하니 서 있었다.

"출발할까요."

닐바가 성큼 문밖으로 나오며 말할 때에야 정신이 들었다.

앞장서서 걸으며 닐바는 주머니에서 시루떡과 휴대폰이 짝짓기해서 낳은 것처럼 생긴 물건을 꺼냈다. 저게 그거구나. 메란드가인과 동행한 적이 있는 직원이 알려준 것이었다. 메란드가인이 다른 메란드가인을 찾을 때 쓰는 탐지기. 지구인들은 메란드가가 지구와 얼마나 닮았는가에만 집중하곤 하지만 사실 우주적으로 메란드가의

●

명성을 드높인 것은 그들이 보유한 바이오 컴퓨팅 기술이었다. 메란드가인들은 금속이 아니라 유기체로 기계를 만들었고 그것들은 사용자의 요청에 살아 있는 생물처럼 반응했다. 그야 실로 살아 있으니까.

"생각보다 가까운 곳에 있네요."

동향인이 일으키는 생체 파장을 감지하고 어디쯤 있는지를 정확하게 파악하는 도구라니, 지구인으로서는 믿기 힘든 기술이었다. 그런 것이 가능한가, 그런 기계를 지구의 기술로도 만들 수 있나 하는 점들도 물론 문제지만, 그런 기능이 도대체 왜 필요한가에 대한 답까지, 지구인의 인지로는 온전히 납득하기 어려웠다. 아무려나 그 기계가 얼마나 유능하든 한국의 지리에까지 정통하지는 못해서 여전히 안내는 내 몫이었다. 북서쪽 5킬로미터 이내라면 신촌인가. 설마 신촌 세브란스? 그런 큰 병원은 마음대로 드나들 수 없을 텐데. 입원 환자나 가족이 아니라면.

택시를 불러 닐바와 나란히 뒷좌석에 탔다. 기사님께는 신촌 세브란스로 가달라고 하고, 큰 병원 신생아실에는 어떻게 해야 들어갈 수 있는지 궁리를 시작했다. 산부인과 진료라도 잡아야 하나? 산모를 하나 매수해서 가짜 보호자 행세를 해야 하나?

●

"여기가 아니에요."

아무리 수임료를 많이 줘도 역시 범죄는 무리라서 내가 산부인과 진료를 받는 게 맞겠다고 결심한 참이었는데, 막상 내리자 닐바는 단호하게 말했다. 이걸 다행이라고 해야 하나.

그다음부터는 닐바가 이끄는 대로 골목골목을 뒤져야 했다. 신촌은 길목마다 가게가 너무 많고 그 골목이 그 골목 같아서 한국인인 나에게도 헷갈리는데, 탐지기를 든 쪽은 외국인도 아니고 외계인이어서 더욱 탐색이 쉽지 않았다. 그래도 가려는 데가 해남 땅끝 마을이나 울릉도가 아닌 게 어디야. 닐바의 걸음걸이를 따라잡느라 종종 뛰어가면서 나는 생각했다. 또, 닐바의 걸음을 느리게 하려면 말을 걸어야겠다는 생각까지도.

"쌍둥이."

왜 하필 이게 생각났는지 모르겠네. 그런 생각을 하면서도 나는 말을 이었다.

"메란드가에도 쌍둥이가 태어나나요?"

닐바는 멈춰 서서 턱을 문질렀다. 생각에 잠긴 것처럼 보였다.

"쌍생아, 말이죠. 물론 태어나요. 그걸 물어본 건 지구에도 있다는 의미겠죠?"

●

"네."

닐바는 다시 걸으며 친천히 말했다.

"지구에서 쌍생아가 태어난다면 메란드가에서도 그럴 거다, 그렇게 생각해도 될 거예요. 메란드가 사람들과 지구 사람들의 신체는 생물학적으로 매우 유사하다고 들었거든요. 메란드가인과 지구인 사이에서 아이를 만들 수 있을 만큼이나."

그건 나도 알고 있는 이야기였다. 대학교 때 배웠다. 확인된 사례는 없지만, 이론상으로는 번식이 가능하다고. 매우 매력적인 존재의 입으로 번식에 대해 듣고 있으니 부끄러워졌다. 애초에 내가 물어본 게 아니며 닐바에게 내게 수치심을 느끼게 하려는 악의가 없다는 것을 알면서도.

"쌍둥이 말인데요."

"네."

"쌍둥이의 생체 파장은 같은가요?"

"완전히 같지는 않다고 들었어요. 하지만 파형이 매우 유사하거나 서로 호응한다고 해요. 소리에 빗대자면 화음으로 느껴지는 파장이라고 할까요."

닐바는 따뜻한 미소를 띤 채 나를 보고 있었다. 왜 그런 것이 궁금했느냐는 듯한 눈길로. 나는 말을 돌렸다.

●

박서련

"눈이 오겠는데요."

"눈?"

"어제 말씀드렸던 거요. 작은 얼음 결정이 하강하는 기상 현상."

닐바는 심각한 표정을 지었다.

"위험하겠네요. 하늘색이 어둡다는 생각은 했어요."

무심코 웃어버렸는데 외교적 실례가 될 만큼 큰 소리였다. 민간인이라 다행이다, 이럴 때는.

"위험하진 않아요."

"하늘에서 얼음이 떨어지는데 다치지 않아요?"

"다치지 않아요."

눈이 내리면 위험할 거라 믿는 메란드가인에게 눈 내리는 광경을 한 번쯤 보여주고 싶다는 생각이 들었다. 하지만 어제도 이렇게 흐리기만 하고 눈은 오지 않았지. 닐바는 한동안 멈춰 서서 하늘을 바라보았다.

"갈까요."

"네, 거의 찾은 것 같은데…"

땅으로 시선을 돌리니 모텔촌이었다. 어깨를 겨루며 늘어서 있는 저 건물들이 뭐 하는 곳인지 모르는 타행성인이어서, 게다가 탐지기 화면에만 몰두하고 있는 참이어서, 닐바는 아무렇지 않은 눈치였다. 하지만 나는 둘

●

중 어느 쪽에도 해당하지 않았기에 어린애처럼 얼굴을 붉히며 걸음을 서둘렀다. 하필 번식 얘기 같은 게 나온 참이어서 더 민망했다.

"정말 거의 다 온 것 같아요."

설마 모텔이려고. 건너편 골목으로 척척 앞서가는 닐바의 뒷모습을 보다가 닐바가 향하는 건물로 시선을 돌리니 산후조리원 간판이 걸려 있었다. 모텔촌과 이웃한 산후조리원이라니 농담이 심하잖아. 장사가 잘되어도 이상할 것 같고 장사가 잘 안되어도 이상할 것 같았다. 닐바한테 이걸 어떻게 설명하면 알아들을까? 굳이 설명할 필요가 있을까?

"어떻게 오셨을까요?"

로비 직원이 상냥하면서도 묘하게 다그치는 듯한 어조로 물었다. 귀에 통역기를 부착한 닐바는 그 질문을 곧이곧대로 듣고 정직하게도 자동차와 도보를 이용했다고 답했는데, 로비 직원은 그게 무슨 소리냐는 듯한 표정으로 내 쪽을 바라보았다.

모든 지구인이 천국 또는 극락에 가지는 못한다. 그리고 모든 지구인이 지옥이나 나락에 떨어지는 것은 아니다. 지구인인 우리는 얼마나 많은 사람이 죽어서 좋은

●

곳에, 또 나쁜 곳에 가는지 알지 못한다. 죽은 후에 가는 곳이 정말로 있는지, 어떤 사람은 가고 어떤 사람은 가지 못하는지 같은 것 역시 모두 비밀에 부쳐져 있다. 어떤 사람들은 그런 것을 믿고, 그중 어떤 사람은 그 비밀을 알아내는 데에 평생을 바치기도 하는데, 또 어떤 사람은 그것들 모두가 지어낸 얘기라 생각하기도 한다.

여기에 나만의 고유한 의견을 덧붙이기엔 내가 모르는 게 너무 많다.

메란드가인들은 죽은 후에 가는 곳에 대해 안다. 모든 메란드가인이 여기로 오는 것은 아니지만, 어떤 메란드가인들은 지구에서 다시 태어난다.

대부분의 메란드가인은 생전에 자기의 생체 파장을 기록해 둔다. 영정 사진을 찍듯이. 그러면 그들의 사후에, 그들을 기억하는 사람들이 그 파장을 추적해 찾아오는 것이다. 생체 파장은 원래 추모와 애도의 목적으로 기록되던 것이었는데, 지구가 우주 외교에 참여하고 메란드가와도 수교를 맺고 얼마 안 있어 의미가 달라졌다고 한다.

최초로 지구에 방문해 자기의 가족을 찾은 메란드가인은 외교관이었다. 메란드가 대사는 지구에 오자마자 이 낯선 행성 어딘가에서 자기 아이가 다시 태어났다는 것을 알았다. 특유의 생체 파장을 감지해 내는 능력은 메란드가인들이 만드는 바이오 컴퓨터만이 아니라 그들 자신에게도 있기 때문에. 정확히 어디에서, 어떤 이들한 테서, 어떤 모습으로 태어났는지는 알 수 없었지만, 가까이 가는 만큼 강하게 느껴지는 생체 파장의 특성을 이용해 결국 대사는 아이를 찾아냈다. 모든 일이 비밀리에 이루어졌으나 채 1년도 지나지 않아 이 사연은 만천하에 알려졌다. 아이의 지구인 부모가 이 경험을 담은 수기를 책으로 펴냈기 때문이다.

우주 외교 시대 초기에 일어난 일이어서 지구인들은 자신들의 행성이 다른 어느 행성의 사후 세계라는 사실은 거의 잊고 메란드가인들의 아름다운 이방인 이미지만 기억하게 되었지만, 메란드가인이 환생한 지구인을 찾아와 벌어진 일이 종종 도시 전설처럼 전해지기도 했다. 어떤 메란드가인은 신생아의 부모에게 자기 재산의 절반을 주고 떠났고 어떤 지구인은 장애인인 자기 아이를 메란드가인에게 떠넘겼다. 메란드가인이 찾아왔다는 이유만으로 아이를 꺼림칙하게 여긴 부모가 학대를 저질렀다는 이야기도, 굳이 자기의 원수를 찾아 이 먼 행성까지 온 메란드가인이 다시 태어난 아기를 한 번 더 죽였다는 이야기도 있었다.

●

이런 이야기들이 도시 전설로 만들어졌다는 사실은, 지구인들이 메란드가인들을 동경하고 사랑하는 한편 그들이 지구인 아기를 찾아오는 것에는 두려움을 느낀다는 것을 보여줬다.

"잠깐 들어가 보기만 해도 괜찮다니까요. 아무 폐도 끼치지 않아요."

산후조리원 로비 직원을 설득하는 것은 그와는 다른 맥락에서 어려웠다. 순박하지만 고집 세게 생긴 할머니였는데 성격도 딱 그런 것 같았다. 일단 지구 밖의 일은 관심이 별로 없어 닐바를 외계인이 아니라 어여쁜 외국인 정도로 여기는 듯했고, 예쁘든 말든 그래서 외국인이 왜 한국의 산후조리원을 구경해야 하는지를 이해하지 못했다.

"곤란하단 말이죠. 낯선 사람이 어슬렁거리면 아기들도 엄마들도 불안해하거든요."

닐바는 직원이 자기의 말을 이해하지 못한다는 사실을 알고부터는 잠자코 있었다. 나는 곁눈질로 닐바의 얼굴이 어두워져 가는 것을 살펴보다가 아랫입술을 힘껏 깨물고, 닐바의 팔짱을 꼈다.

"이렇게 하면 어때요. 제가 아이를 낳을 건데 미리 산

●

후조리원을 알아보러 온 걸로요. 그렇게 설명하고 선생님이 시설을 자세히 안내해 주면 자연스럽잖아요."

그러다가 어떤 아기를 잠깐 스치듯이 보는 건 괜찮잖아요. 나는 이 말까진 하지 않고 눈썹을 한껏 추켜올린 채로 직원에게 의미 있는 눈길을 보냈다. 직원은 미심쩍은 표정이었고 나는 거절의 말이 나오기 전에 한 번 더 지껄여 댔다.

"직원이랑 같이 시설 견학하는 부부를 보고 불안해하는 어머니들은 없겠죠?"

"그렇죠."

엉겁결인지 뭔지, 그제야 직원이 고개를 끄덕였고 나는 그 기회를 물고 늘어졌다.

"그럼 괜찮잖아요. 이 사람 엄청 멀리서 찾아왔거든요. 꼭 여기여야 한다고."

직원은 여전히 미심쩍어 고개를 갸우뚱거리면서도 우리를 엘리베이터 쪽으로 안내했다.

직원은 성실하게 조리원 내 시설과 이용 플랜에 대해 자세히 알려주었다. 공동 공간으로는 수유실, 휴게실, 가족들이 방문할 때 제공되는 응접실 등이 있지만 대부분 방은 산모들이 쓰는 공간이라는 점, 등급에 따라 방 넓이와 제공되는 서비스의 종류가 다르다는 점, 공동 공간

●

272
박서련

은 층마다 있는데 위층으로 갈수록 시설이 괜찮다는 점 등등. 물론 대부분 정보는 쓸모가 없었다. 듣는 둥 마는 둥 하는 나와 달리 닐바는 주의 깊게 설명을 듣는 듯했는데, 3층 신생아실 앞에서 갑자기 걸음을 멈췄다.

여기에 있구나.

"왜 그러시죠?"

"아기들이 너무 예뻐서요. 잠깐만 보고 갈게요."

나는 급하게 둘러댔다. 닐바는 신생아실 창에 양손을 얹고 정신없이 들여다보았다. 나는 닐바의 시선을 읽어 어떤 아기를 보고 있는지를 추측했다. 아직 얼굴형이 분명하지 않은 신생아라는 점을 감안해도 별로 예쁘지 않은 아기였다. 하긴 영혼이 메란드가에서 온 거지, 몸까지 메란드가인은 아니니까. 아주 진지하고 조금 슬프고, 또한 다정한 눈으로 닐바는 아기를 보았다.

"이제 가셔야죠?"

직원이 주의를 시키듯 말했다. 닐바는 창에서 손을 떼고 뒤로 두 걸음 물러났다. 나는 닐바와 직원을 번갈아 본 다음 대답했다.

"네, 감사합니다. 그럼 이제 가볼게요."

"그게 아니라 마저 둘러보러…"

직원의 말이 끝나기도 전에 나는 닐바의 손을 잡고 계

단으로 달려 내려갔다. 키가 나보다 훨씬 큰 닐바는 커다란 스카프 자락처럼 너풀너풀, 맥없이 내 손에 끌려올 뿐이었다.

택시를 타고 호텔로 돌아가는 길에 닐바는 오랫동안 말이 없었다. 울려나? 메란드가인들은 눈물을 흘리지 않을 텐데? 눈물을 흘리지는 않지만, 무척 슬퍼하는 것 같은 닐바의 얼굴을 보면서 나도 함께 슬픈 생각을 하려 애썼다. 하지만 자꾸 엉뚱한 생각이 났다. 눈물이 안 나면 콧물이나 침이 대신 나오나? 죽었다가 다시 태어난 이를 만나러 먼 행성까지 온 사람을 보면서 그런 생각을 하다니. 죄책감도 느껴졌지만 한 번 든 생각을 멈추기는 어려웠다.

"너무 슬퍼하지 마세요."

목소리를 가다듬고 내가 건넨 말에 닐바는 고개를 들었다. 그리고 아주 희미하게 미소 지었다.

"그렇게 슬프지 않아요. 약간은 경이감, 약간은 안도감, 또 대부분은 두려움."

"경이감이요?"

"저 작은 외계인이 내가 알던 그 존재라는 경이감, 그 존재가 죽은 것으로 끝나지 않았다는 안도감."

●

박서련

"그리고요?"

"두려움은 조금 복잡해요. 동일하고 연속적인 존재지만 동시에 제가 알던 그 존재가 아니기도 하다는 것. 저를 포함해 메란드가의 모든 것을 모른 채 자랄 거고, 저만 일방적으로 그 존재를 기억할 거라는 것."

그건 축복일까 저주일까. 사랑하는 존재가 먼 곳에서나마 다시 생명을 얻어 삶을 이어가지만, 그 삶이 자기와는 무관할 거라는 사실. 메란드가인이 아니고, 메란드가인을 가까이에서 본 적조차 그동안은 없었던 나로서는 상상해 본 적 없는 공포였는데, 그 감정이 낯설지만은 않았다.

"어쨌든 저는 계속 그 존재를 기억하고 사랑하겠지만, 여기가 그 존재에게 좋은 곳일까, 나쁜 곳일까를 알 수 없다는 게 무엇보다 두려워요."

지구에 발 디딘 직후에 닐바는 바다를 보고도 두렵다고 했다. 그들에게 사후 세계인 이 행성이 천국일지 지옥일지 알 수 없다는 것, 그 사실을 바다처럼 두려워하는구나. 떠올리고 보니 그건 나에게도 크고 두려운 질문이었다.

여기는 천국일까, 아니면 지옥일까?

"예란은 죽음에 대해 어떻게 생각하나요?"

●

당황스러웠다. 맥락상 뜬금없는 질문은 아니었지만, 여행지에서 만난 현지인 가이드에게 물을 만한 질문도 아니니까. 그런 사실을 의식하면서도 이미 나는 나도 모르게 뭔가를 지껄이고 있었다. 남에게는 한 번도 해본 적 없는 이야기를.

"저는 한 번 죽은 적이 있는 것 같아요."

닐바의 눈썹이 올라갔다. 나도 의식하고 있었다. 내가 이상한 이야기를 하고 있다는 것을. 얼버무리기엔 늦었고, 그러고 싶지도 않았다.

"원래 저는… 쌍둥이였거든요. 난산이었고 한참 만에 제왕절개로 태어났대요. 둘 다 숨을 안 쉬고 있었고요."

언젠가 이 이야기를 남에게 털어놓게 되면 틀림없이 눈물이 날 거라고 생각했는데 이상할 만큼이나 아무렇지 않았다. 듣고 있는 사람이 지구인이 아니어서일까? 이상한 사람에게 이상한 이야기를 하는 건 별로 이상할 것 없는 일이어서. 아니면 혹시, 정말 이상한 사람은 나일까?

그야말로 뜬금없이, 팀 동료가 했던 평가가 떠올랐다. 참 곁을 안 내주는 사람이네요.

여전히 무슨 뜻인지 모를 그 말은 왜 생각난 걸까?

"둘 다 응급처치를 받았지만 숨을 쉴 수 있었던 건 저

●

뿐이었대요."

닐바는 대답 없이 나를 보고 있었다. 가만히. 그저 가만히.

"가끔 그 생각을 해요. 나랑 똑같은 사람이 있었고, 그 사람은 죽었고, 나는 살아 있다는 거요. 나 대신 그 애가 살았어도 지금 내가 사는 것처럼 살까? 예를 들면, 우주외교를 전공했을까? 여행사에 취직했을까? 그 애도 나와 같은 선택들을 했을까? 나는 그 애 대신 살고 있는 걸까? 이건 그 애 인생일까, 내 인생일까?"

한차례 침묵이 지나갔다. 나는 가장 집요하게 하던 생각만은 털어놓지 않고 입을 다물었다. 대단한 건 아니었다. 그저 다음과 같은 질문.

'나'라는 건, 대체… 누구일까?

"예란, 대기 중에 이상한 물체가 날아다녀요."

닐바의 손을 따라 창밖을 보니 눈이 내리고 있었다. 저게 바로 눈이라고, 당신이 위험하지 않냐고 물었던 그 기상 현상이라고 말해주기 전에 나는 닐바를 잠깐 바라보았다.

"닐바가 찾던 아이는… 닐바와 어떤 관계였나요?"

"그 아이는,"

신기한 기상 현상에 살짝 들뜬 듯하던 닐바의 표정이

●

다시 조금 굳었다.

"어떤 말로도 정의하기 어렵네요."

마음이 아팠다. 나와 동시에 태어났으나 이제 없는 어떤 존재 때문이 아니라, 그 존재에 대해 전부 털어놓았다는 사실 때문이 아니라, 형용할 수 없을 만큼이나 소중한 존재를 찾아온 아름다운 외계인 때문에.

마음이 아픈 건 닐바에게 느끼는 끌림을 더는 부정할 수 없다는 증거였고, 그건 또한 내가 직업인답게 처신하지 못하고 있다는 의미였다. 지구인이 메란드가인에게 매력을, 나아가 연정을 느끼는 건 당연하다고 할 수도 있었지만, 내가 느끼는 끌림을 단순한 생물적 반응으로 일축하고 싶지 않았다. 나는 메란드가인이 아니라 닐바에게 끌리는 거라고, 지구인으로서가 아니라 나로서 반응한 거라 믿고 싶었고, 그렇기 때문에 나의 끌림은 정당화될 수 없었다.

"실례되는 질문이었다면 대답하지 마세요."

내 말에 닐바는 미소 지었다. 나의 존재를 경유해 내 뒤 어딘가에 부딪힌 다음 다시 메아리쳐 돌아오는 아름다운 미소.

"어떤 면에서는 저 자신이었던 것 같아요."

닐바의 대답으로 마침내 대화가 성립되었다.

●

박서련

오손 닐바의 짧은 한국 방문은 2박 3일로 끝났다.

공항에 도착하자 닐바는 범우주연합 인증 ATM에서 서비스 수임료를 이체한 다음, 이제 필요 없을 것 같다며 패딩 점퍼를 벗어서 내게 주었다. 기장이 내 키만 한 하얀 패딩 점퍼를 품에 가득 안은 채로 나는 닐바를 송별했다.

"또 만날 수 있을까요?"

내가 아니라 닐바가 이렇게 물었다는 것이 미묘한 안도가 되었다.

"글쎄요."

"우리가 우리인 채로 또 만나면 좋겠어요."

나도 그래요. 내가 그 말을 하지 않았기 때문에 송별은 가벼운 손인사로 끝났다.

닐바가 메란드가로 돌아가는 여정을 상상하는 일은 어렵지 않았다. 보스토치니행 상하이 경유기를 탔으니 중국을 거쳐 러시아로 가겠지. 보스토치니 우주공항에서 셔틀을 타고 우주정거장으로 가겠지. 우주정거장에서 닐바가 탈 우주선은 거대한 버섯과 무당벌레가 짝짓기해서 낳은 것처럼 생겼겠지.

나는 공항 철도를 탔다.

메란드가인과 동행하는 동안에 신기하게 느껴진 것이

이다음에 지구에서 태어나면

무척 많았지만, 생각해 보면 무엇보다 신기한 것은 메란드가인의 영혼이 어떻게 지구에 오는가였다. 육신을 지녔기에 물리적인 수단으로밖에 지구에 올 수 없는 닐바는 우주선을 최소한 두 번은 갈아타며 지구 기준으로 일주일에 달하는 시간이 소요되는 거리를 이동해야 했다. 반면, 마땅한 이동 수단도 자산도 없는 죽은 이들은 어떻게 그 거리를 뛰어넘는 걸까? 영혼이어서 그 어떤 물리적 한계도 적용되지 않는 걸까?

지구인의 영혼도 그럴까?

우리에게도… 영혼이 있을까?

답을 구하기에는 너무 거대해 막연하게까지 느껴지는 질문을 떠올린 순간 내 눈앞에 바다가 펼쳐졌다. 바다를 보자 역시 닐바가 떠올랐고, 불과 이틀 전 같은 풍경을 보면서 내가 했던 생각은 이런 것이 아니었다는 사실도 떠올랐다.

그러니까 닐바, 다시 만날 수 있다면 이런 말을 해주고 싶어요.

지구인에게도 메란드가인과 같은 영혼이 있는지는 알 수 없고, 여기가 메란드가의 천국인지 지옥인지도 답할 수 없지만, 잠깐이나마 내게는 여기가 지옥처럼 느껴지지 않게 되었다고. 그건 당신 덕분이라고.

●

이윽고 바다 위로 싸락눈이 날리기 시작했다. 막 이륙했을 비행기 안에서 닐바도 이걸 보고 있을까. 그러기를 바랐다. 닐바가 위험하다고 생각한 것이 두렵다고 느낀 것으로 뛰어드는 광경을, 닐바가 보고 있기를.

바람에 휘날리는 얼음 결정은 사실 너무도 연약해서 바다와 만나면 곧 녹아버리고 만다. 그럼에도 바다로 뛰어든다. 얼음 결정은 그 사실을 이해하지 못하기 때문에 두려워하지도 않는다.

그러고는 녹아서 바다와 하나가 된다.

●

이다음에 SF를 쓴다면

내 생각에, 현실 세계와 다르거나 현실 세계에 없던 조건이 단 한 가지라도 이야기에 등장한다면 그것은 SF다. 가령 음성언어가 주류가 아니라서 춤으로 서로의 의사를 전달하는 세계에서 처음으로 노래를 부르는 사람이 있다면 그 사람은 SF의 주인공이 될 수 있을 것이다.

또한 그 조건은 공식적인 것이어야 한다. 주인공에게만 일어나는 이상한 현상이 아니어야 한다는 말이다. 만일 서사 내에서 주인공에게만 이상한 사건이 일어난다면, 적어도 주인공은 그 현상의 최초 발견자로 알려져야 한다. 예를 들면, 두 작품 모두 신체가 식물로 변하는 기이한 현상을 담고 있음에도, 이유리의 「브로콜리 펀치」는 SF이고 한강의 「내 여자의 열매」는 SF가 아니라고 할 수 있다.

이미 잘 알려진 일반론인데 내가 처음 발견한 양 호들갑을 떠는 것일 수도 있고, 기존의 정의와는 영 동떨어진 사유를 이야기하면서 모순을 눈치채지 못하는 것일지도 모른다. SF에 관해서라면 나는 독자로서도 저자로서도 이렇다 할 이력이 없어서 대표성이 있는 일반론을 제시할 자신 또한 없다.

따라서 애초에 내가 하려던 말은... 적어도 내가 쓰고자 하는 SF 는 그렇다는 이야기인 것이다.

지난해 봄과 여름 사이, 세 편의 SF를 구상했다. 비슷한 시기에 세 개의 서로 다른 청탁(차례대로 〈허블 초월 시리즈〉, 인천영상 위원회 〈디아스포라 영화제〉의 특별 소설집, 과학 잡지 《에피》) 이 있었기 때문이다. 작품에 있어 『디아스포라 영화제 특별 소설집』에서는 영화제의 주제인 '디아스포라'를 테마로 삼을 것을, 《에피》에서는 해당 호의 특집 주제인 '후유증'과 관련짓기를 원했고, 〈초월 시리즈〉는 주제를 특정하지는 않았으나 앞으로 쓰게 될 장편 SF의 티저 격에 해당하는 작품이었으면 한다는 조건을 전달해 왔다.

제일 먼저 구상한 것은 "내세에는 인간으로 태어나라"라는 이름 의 작품이었다. 장편 SF로, 지구가 먼 우주 어느 행성의 내세이 며, 그 행성에서 온 존재가 지구인과 사랑에 빠지는 것이 작품의 주된 얼개였다. 제목에서나 줄거리에서 드러나듯 이 구상이 「이 다음에 지구에서 태어나면」의 전신에 해당한다.

일정을 비롯한 몇 가지 문제로 그보다 후에 구상한 작품들을 먼 저 썼다. 트랜스젠더 여성이 인공 포궁을 이식해 엄마가 되는 과정을 그린 「김수진의 경우」외 한국인 소설가 화자를 내세워 우주에서 온 존재와 조우한 후기를 쓴 「시습」이 그렇다. 두 작품은 긴 구상에 비해 빠르게 쓰였고, 전혀 다른 이야기를 담고 있으나 적어도 나의 인식 속에서는 주제를 공유한다. 비슷한 시기에 쓰였기 때문도, 스스로가 근본적으로 지향하는 바가 배어났기 때문이기도 할 것이다.

『디아스포라 영화제 특별 소설집』에는 「김수진의 경우」가, 《에피 18호》에는 「시습」이 실렸지만, 그 반대였어도 좋았으리라는 생각이다. 결국은 두 작품 모두 느슨하게나마 '후유증'과 '디아스포라'라는 주제에 연관되어 있기 때문이다. 이러한 맥락에서 「이다음에 지구에서 태어나면」 역시 두 작품 중 어느 것과도 자리를 바꿀 수 있을 것 같다. 좀 더 빨리 쓰이기만 했다면 말이지만.

「내세에는 인간으로 태어나라」를 구상한 후에, 비슷한 설정, 즉 지구인의 내면에 자리한 외우주 존재의 의식이 등장하는 작품이 이미 있다는 것을 발견했다. 김초엽의 첫 단편집 『우리가 빛의 속도로 갈 수 없다면』에 수록된 「공생 가설」이다. 나는 닐바의 세계가 「공생 가설」에 등장하는 류드밀라의 세계와 다르다고 확신했지만, 그것은 아직 쓰이지 않은 작품의 저자로서 갖게 되는 지극히 주관적인 관점, 기껏 구상한 작품을 포기하고 싶지 않다는 고집일 가능성이 높으므로, 유사한 설정 안에서 먼저 쓰인 작품이 있다면 그 작품의 저자에게 알리는 것이 마땅하다고 생각했다. 다행이랄지 마침 알맞게도 행사 자리를 통해 김초엽을 만날 수 있었다. 그는 내가 생각해 간 구구한 말을 다 끝내기도 전에 "쓰세요!"라고 했다. 그건 SF를 쓰기로 마음먹은 어떤 소설가를 환영하는 말처럼 들렸다. 비단 설정의 유사성이 우려되는 작품 하나에 대한 허락이 아니라.

그래서 「이다음에 지구에서 태어나면」을 썼다. 특정한 독자 하나만을 위해서 쓴 작품은 아니지만, "쓰세요!"라고 말해준 사람이 이 작품을 행복하게 읽기를 바란다.

「시습」과 「이다음에 지구에서 태어나면」에서는 '범우주연합 United Pancosmo'이라는 기구의 등장이 공통적으로 언급된다. 지구로 따지면 UN의 지위와 역할을 수행하는 기구가 우주에 아울러 존재한다는 상상을 바탕으로 한 설정이다. 한동안 범우주연합 출범 전후 지구와 몇몇 행성들의 반응을 담은 작품들을 쓸 생각이고 그것을 엮어 연작 장편소설로 낼 듯하다.

벌써 작품 두 편을 쓴 셈이고 그렇기에 이미 진행 중인 사건인데도 확언하지 않는 까닭은 이 변화무쌍한 우주에서 또 어떤 일이 벌어져 다른 계획이 생길지 알 수 없기 때문이다.

불안 속에서 우리는 사랑을 배운다

『초월하는 세계의 사랑』은 장르 작가와 비장르 작가를 구분하지 않고 SF를 선보이는 〈허블 초월 시리즈〉의 첫 번째 책이며, 시리즈의 출간 예정작 다섯 편을 선정해 그 프리퀄에 해당하는 중·단편 SF를 모은 앤솔러지다.

시리즈의 제목이자 책의 제목에도 포함된 '초월'이라는 단어는 "어떠한 한계나 표준을 뛰어넘음(超越)" 그리고 "초승달(初月)"이라는 두 가지 뜻을 담고 있다. 허블은 이 시리즈가 한국문학의 장르와 비장르 경계를 뛰어넘는 도전의 장, 데뷔 연차와 상관없이 모든 작가가 자신의 첫 SF 세계를 선보이는 탄생의 장이 되기를 바라며 '초월'이란 제목을 선택했다.

이 책에서는 '초월'의 뜻이 하나 더 추가되는데, 바로 "시공간 초월"이다. 시리즈의 출발점이자 다섯 작가가 창조한 SF 세계의 출발점이기도 한 이번 중·단편 SF들은 아직 존재하지 않은 장편 SF에 대한 속편이다. 즉, 미래에만 존재했어야 할 세계가 시공을 초월해 현재에 도달한 것이다! 그러나 시공간 초월 정도에 그렇게 호들갑 떨 필요는 없다. SF 세계에서 시공간 초월 정도는 평범하게 일어나니까.

SF의 형식을 통해 자신의 세계를 창조한 작가가 있다면, 그 어떤 위계와 배제에도 얽매이지 않고 그 세계 안에서 수많은 독자와 만날 수 있었으면 한다. 그리고 그 혼란스럽고 불안한 세계의 출발점에서 작가와 독자 모두 사랑을 배우게 되기를 바란다. 사랑이란 자고로 불안의 한가운데에서 불안을 견딜 때 탄생하는 법이니까. 그리하여 이제 막 탄생한 작가의 세계가, 초월에서 만월이 되듯, 완전하고 환하게 사랑으로 차오르기를 기대한다.

허블 편집팀장

초월하는 세계의 사랑

© 우다영·조예은·문보영·심너울·박서련, 2022, Printed in Seoul, Korea

초판 1쇄 펴낸날 2022년 4월 5일
초판 2쇄 펴낸날 2022년 4월 20일
지은이 우다영·조예은·문보영·심너울·박서련
펴낸이 한성봉
편집 김학제·신소윤·권지연
디자인 정명희
마케팅 박신용·오주형·강은혜·박민지
경영지원 국지연·강지선
펴낸곳 허블
등록 2017년 4월 24일 제2017-000050호
주소 서울시 중구 퇴계로30길 15-8 [필동1가 26] 2층
페이스북 www.facebook.com/dongasiabooks
인스타그램 www.instargram.com/dongasiabook
블로그 blog.naver.com/dongasiabook
전자우편 dongasiabook@naver.com
전화 02) 757-9724, 5
팩스 02) 757-9726

ISBN 979-11-90090-57-5 03810

※ 허블은 동아시아 출판사의 SF 브랜드입니다.
※ 잘못된 책은 구입하신 서점에서 바꿔드립니다.

만든 사람들
책임편집 김학제
책임디자인 정명희
크로스교열 안상준
일러스트 옴씩코믹스
본문 조판 김경주